어느 나무의 일기

LE JOURNAL INTIME D'UN ARBRE
by Didier Van Cauwelaert

어느 나무의 일기

Le Journal Intime D'un Arbre

디디에 반 코뵐라르트 장편소설

이재형 옮김

다산책방

차례

추락
La chute

■

동이 터올 무렵, 나는 쓰러졌다. 내 뿌리 위로 내리쬐는 햇빛과 흙에 닿은 내 가지들을 통해 전달받은 이 정보를 우편배달부가 다시 한번 확인시켜주었다. 나는 오솔길에 가로 누운 내 모습을 우편배달부의 눈 속에서 보았다. 그의 머릿속에 가장 먼저 떠오른 사람은 조르주 란Lannes 박사였다. '불쌍한 양반 같으니. 돌아와서 이 꼴을 보게 되면……'

내 모습을 보고 주인이 느끼게 될 슬픔과 나를 둘러싼 모든 것들이 보내오는 조난신호가 뒤섞여 뒤죽박죽이 되었다. 곤충들, 새들, 버섯들, 이 모든 것들이 나라는 지표를 잃어버렸다. 1999년에 태풍이 불었을 때 쓰러졌던 차고 뒤의 개오동나무처럼, 나는 어쩌면 누군가 나를 구해주러 올지도 모른다는 희망에 매달렸다. 권양기가 개오동나무를 들어올렸고, 그 후로 그 나무는 낡은 헝겊을 칭칭 감은 세 개의 굵은 밧줄에 몸을 의지하며 죽을힘을 다해 살아남았다.

그러나 우편배달부의 눈을 보니, 쓰러지면서 내 굵은 가지들이 부러져버린 게 확실했다. 뿌리가 뽑혀나가고 굵은 가지들이 부러져버렸지만, 그래도 나의 동족들과 이웃들, 지붕들, 그리고 등나무 덩굴에 휘감긴 정자는 아무 피해 없이 무사했다. 나에 관한 나쁜 기억을 남겨두어선 안 된다.

내 이름은 트리스탕, 삼백 살이 조금 못 되었으며, 란 박사가 키우는 배나무 두 그루 중 하나다. 박사는 나를 프랑스의 '주목할 만한 나무들'의 대기 명단에 등록했으며, 내가 '너무 늙어서 해를 끼칠 수도 있다'는 이유로 이웃사람들이 고소하자 재판을 통해 무죄판결을 얻어내기도 했다. 나는 그의 가장 소중한 재산이자 기억의 의무였으며, 시간에 대한 승리였다. 그가 고령이라는 점을 감안하면, 내가 죽은 뒤 그 역시 내 뒤를 따를지도 모른다……

우리의 관계가 다시 맺어질지 아닐지는 알 수 없다. 인간과 나무가 함께하는 내세來世라는 게 과연 존재할까.

*

내가 땅에 쓰러진 이후로 모든 게 바뀌었다. 나는 여전히 앞을 볼 수 있다. 하지만 그게 앞으로 얼마 동안이나 가능할까. 그리고 설사 가능하다 한들 무슨 소용이란 말인가. 겨울이 되면서 이미 둔해지기 시작한 나의 활동은 여전히 어떤 목표를 지향하고 있지만, 그 목표에는 이제 대상이 없다. 내가 이맘때쯤 주로 하는 활동—수액이 얼어붙으며 생겨나는 기포를 관리하는 것—도 목적을 잃었고, 봄이 되면 내 몸을 뒤덮을 새로운 표피세포들이 정상적으로 기능하는 것을 방해할지도 모를 버섯들의 공격에 맞서 싸우는 것 역시 목적을 잃었다. 그런 활동은 이제 더 이상 아무 의미도 없다. 그렇지만 나는 여전히 활동을 지속하고 있다. 지난날, 내 주위에 묻힌 시신들의 머리카락과 손톱 발톱이 계속 자랐던 것처럼.

얼핏 보기에 이 작은 돌풍의 희생자는 나뿐인 듯하다. 바람이 너무 심하게 불었고, 땅은 삼주 내내 내린 빗물에 젖어 있었으며, 외래 해충들의 공격이 있었고, 신속하게 방어하기엔 내 나이가 너무 많았다…… 이처럼 내게는 그럴 만한 이유들이 있었다. 하지만 그런 이유들 덕분에 충격이 덜해지는 건 아니었다.

란 박사는 며칠 전부터 부재중이다. “심장병 전문의가 심장이 안 좋아서 죽었다고 하면 환자들이 대체 뭐라고 생각하겠어?"
그는 다시 환자들에게 돌아가기 전, 내게서 활력을 얻기 위해 배와 한쪽 빰을 내 몸통에 붙인 채 나를 꼭 끌어안고 비밀을 털어놓듯 말했다. 그것은 혈관이식술이라 불린다. 그가 내게 전달한 이미지로 보자면 그건 일종의 접붙이기 같은 것이다. 수액관이 막히면 새로운 관으로 교체하는 것처럼.

그 역시 몇 년 전부터 몸이 쇠약해졌다. 내게는 그것이 여실히 느껴졌다. 그런데 우리 둘 중 누가 상대에게 영향을 미쳤을까? 그가 재충전하기 위해 내게 매달렸을 때, 나 역시 그가 원했던 만큼의 에너지를 그에게서 취했었다. 그것은 우리 종種들의 교환원칙이다. 하지만, 인간이 그 부담을 더 이상 이겨내지 못하는 순간이 늘 찾아온다. 나는 그런 일을 숱하게 경험했다. 어쩌면 이번엔 그를 구해내기 위해 내 편에서 힘을 소진했는지도 모른다. 그가 내게 기대왔을 때, 나는 그의 세포들이 타오르는 걸 느꼈다. 죽음이 가까워질 때, 번식 가능성을 증가시키기 위해 우리로 하여금 열 배 더 많은 꽃을 피우게 하는 그 과도한 원기 왕성함, 즉 꽃들의 암처럼, 그의 장기는 그 자신도 모르는 사이에 맥박치고 있었다. 내가 그에게서 발견한 것은 오직 그의 심장이 약하다는 사실뿐이었고, 그의 신체에 이상이 있음을 감지한 것도 나 혼자였다. 그래서 그와 접촉할 때 나는 그가 항체라 부르는 물질을 분비하여 신체 기능의 이상을 억제해주려 애썼다. 한 영국 식물학자가 내가 지닌 힘에 대해 알려준 후로 나는 그 힘을 적절하게 사용해 왔다. 물론 그것이 일시적 치료에 불과하다는 사실은 나도 잘 알고 있다.

나는 그의 늙어가는 방식이 좋았다. 마치 내 껍질처럼 얼굴에 금이 가듯 주름진 그가 늘 회색과 진록색, 혹은 낙엽 색의 옷을 걸치고 껑충한 몸을 약간 비스듬히 기울인 채 내게 다가올 때마다 나는 마치 걷고 있는 나 자신을 보는 듯한 느낌이 들었다. 나와 이처럼 밀접한 관계를 맺고 있다고 느끼는 사람은 란 박사뿐이었다. 아마도 내가 그의 아들을 죽인 독일군의 총알을 내 몸 속에 간직하고 있기 때문이리라. 그의 아들은 2차 대전 당시 프랑스에서 가장 나이 어린 레지스탕스였다. 나는 그의 처형용 기둥인 동시에 그에 대한 기억을 고스란히 간직한 살아 있는 기념물이었다. 죽음이 제2의 탄생이라고 굳게 믿는 조르주 란은 지난날 그의 아내가 그랬듯이 내가 그의 아들을 품고 있다고 생각했다. 나는 한 영혼의 수호자였다. 하지만 그것은 단순히 하나만은 아니었다.

내가 살아가기를 멈추면, 이 모든 인간의 기억들은 과연 어떻게 될까.

기다림

L'attente

■

당신들 가까이서 삼백 년을 살다보니, 나 역시 당신들이 내세를 마주하는 여러 가지 방식을 익히게 되었다. 거부, 불안, 병적인 집착, 망각하려는 시도, 고통. 또는 열정과 종교, 예술, 방탕함 등을 통해 품게 되는 불멸에 대한 환상…… 하지만 이 모든 건 오직 하나의 똑같은 결과로 귀결된다. 죽음 뒤에는 특별한 게 아무것도 없다는 사실. 삶보다 더한 것도, 덜한 것도 없다. 자기 자신과 타인들 외에는 아무것도 없다. 세상에 태어나면서 지니게 된, 하나의 표현수단에 불과한 육체 안에서 키워왔거나 억제했던 감정들 외엔 아무것도. 어쨌든 당신들의 사후 활동을 포착할 때마다 나는 그렇게 느꼈다. 당신들을 위한 자리가 더 이상 존재하지 않는 이 물질세계를 떠나도록 당신들을 도울 때, 혹은 본의 아니게 내가 당신들의 죽음의 원인이 되거나 그것에 간접적으로나마 영향을 미쳤을 때, 당신들을 붙잡으면서 나는 그렇게 느꼈다.

당신들 중 일부는 고통에 시달리는 기생생물로서, 그 누구도 알아봐주지 않고 아무 쓸모도 없는 존재로서 아직도 여기, 나의 뿌리와 가지에 달라붙어 있다. 내가 분해되어 부패하고, 당신들이 매달릴 생물체가 더 이상 존재하지 않게 되면, 당신들은 결국 스스로를 진공 속에 가둬버리는 그 죽음에 대한 두려움을 떨쳐내게 될까. 아니면 내 영혼은(만일 내게 영혼이라는 게 있다면) 당신들이 이제 더 이상 이 세상에 속해 있지 않다는 말을 헛되이 되풀이하게 될까.

모르겠다. 나는 이곳에 심어진 이후로 인간의 모든 강렬한 감정을 함께 나누었지만, 그 중 무엇도 나에 관한 정보를 알려주지 않았다. 우선, 한 나무에게 '자아'란 과연 무엇일까? 생존본능, 성장하려는 충동, 주위 환경과의 공감, 공간에서의 갈등, 종種 사이의 갈등, 동일군 식물과 기생생물, 포식식물 등에 대한 지식과 거기서 비롯되는 활동일까? 아니면 그저 인간들의 자아가 옮겨진 것에 불과할까?

나무는 누군가 자신에게 토로하는 감정이 아닌 다른 감정은 갖지 않는다. 자신이 지각하는 감정이 아닌 다른 감정은 존재하지 않는다. 태풍이 불고, 화재가 일어나고, 가뭄이 닥치고, 나무꾼이 나타나리라는 예감 외에 다른 불안은 느끼지 않는다. 그러나 동물들도 느낄 수 있는 이 같은 불안감은 인간들이 느끼는 불안과는 다른 데 기원을 두고 있다. 우리의 머릿속을 떠나지 않는 것은 우리 자신을 잃을지도 모른다는 불안이 아니다. 조화가 깨질지도 모른다는 불안이다. 새와 곤충, 버섯, 정원사, 시인 들과의 교류가 끊어질지도 모른다는 불안. 우리를 태양과 달, 바람, 비, 그리고 어떤 풍경을 형성하는 데 중요한 역할을 하는 법칙—인간들이 자연이라고 일컬었다가 나중엔 환경, 혹은 생태계라고 바꾸어 부른 것—과 연결시켜주는 상호작용이 멈출지도 모른다는 불안이다. 죽어가는 나무는 뭔가가 자신을 대신할 수 있을지 걱정한다. 자신이 해오던 활동이 계속 보장되고, 해오던 역할이 계속 수행되고, 자신이 남겨둔 공백이 메워졌으면 하는 욕구. 그게 전부다.

나무가 자신이 체험한 일에 대해 향수를 느끼고, 죽어 없어지리라는 사실에 슬픔을 느낄 거라는 생각은 인간들의 생각에 불과하다. 어쨌든 쓰러지기 전, 마음속 깊은 곳에서 나는 그렇게 느꼈다. 뿌리가 뽑혀나간 나무가 별안간 살아 있는 인간처럼 행동하기 시작한다? 정원 안쪽의 죽은 벚나무를 잎이 우거진 잔가지로 휘감고 끈질기게 살아가는 담쟁이처럼, 그런 생각이 내게 활기를 불어넣고 있었다. 물론 그것은 쓰러진 내 몸뚱이에 덧붙여진 대체에너지로부터 생겨난 것에 불과할 수도 있다. 만일 이 같은 가설이 사실이라면, 나는 이제 편의 제공 시설일 뿐만 아니라 하나의 공명상자이기도 하다. 지난 몇백 년 동안 나를 사랑하거나 숭배하거나 저주했던 인간들이 내 의식을 통해 자신의 내밀한 감정을 표현하고, 싹을 틔우고, 꽃을 피우기 시작한다면…… 이제 더 이상 생명활동을 하지 않는 내게, 그들이 남겨준 기억이 자유롭게 떠오른다. 이런 게 바로 나무의 죽음일까? 우리 중 그 누구도, 세월이 흘러 쓰러지거나 쇠약해진 나무들 중 그 어떤 이도 그것에 대해 알려준 적이 없다. 아니면 내가 듣지 못했는지도 모르겠다.

이졸드도 같은 처지인 것 같다. 나는 그녀로부터 아무 정보도 받지 못하고 있으며, 내가 그녀에게 보내려고 애쓰는 정보도 아무런 응답을 듣지 못한다. 지금은 겨울이기 때문에 우리는 꽃가루라는 가장 빠른 소통수단을 사용하지 못하고 있다. 하지만 우리는 삼백 년 동안 같은 속도로 성장하면서 서로에게 깊이 공감해오지 않았던가. 그러니 내가 쓰러지는 순간, 틀림없이 그녀는 슬픔에 몸을 떨었으리라. 그것은 일종의 거부 반응일 수도 있고, 혹은 삼투 반응이거나……… 아니면 슬픔일 수도 있다. 안 그런가?

아니다. 그렇지 않다. 인간의 감정이 또 다시 나의 본성에 영향을 미치고 있다. 나무들은 서로의 존재를 아쉬워하지 않는다. 그러기는커녕 가까이 있던 나무가 사라지기가 무섭게 양분을 흡수하고 성장한다. 내가 없으면 그녀는 더 많은 햇빛과 물, 더 많은 공간을 차지하게 될 것이다. 가루받이 문제라면, 벌들이 조금 더 멀리 다녀오기만 하면 될 일이다. 가장 가까이 있는 다른 배나무는 근처 마을 학교 뒤편에 있는 것들로, 철조망으로 둘러싸여 있어서 마치 사로잡혀 고문당하고 있는 포로들처럼 보인다. 과수장果樹墻이라 불리는 이들은, 나보다 훨씬 더 풍부한 꽃가루를 지닌 젊은 나무들이다. 이졸드는 그 덕분에 이득을 보게 될 것이다. 자연은 시인들에게 영향을 미치지만, 시인들이 자연에게 영향을 미치는 일은 거의 없다. 트리스탕과 이졸드라는 이름이 붙여졌다고 해서 우리가 반드시 한 쌍이 되는 건 아니라는 말이다.

전파의 시대를 제외하면, 나는 항상 그녀를 다스려왔다. 1965년에 란 박사가 텔레비전을 샀는데, 인간들에게 이것은 일종의 텔레파시를 대체하는 시스템이었다. 텔레비전을 설치하러 온 사람이 초가지붕에 안테나를 세웠으나, 높이가 충분치 않았다. 숲이 분지에 자리 잡고 있어서 전파 수신에 방해가 되었다. 그는 방송국으로부터 전파를 가장 잘 수신할 수 있는 각도를 계산해보더니, 이졸드의 꼭대기로 올라가 안테나를 설치했다. 그후 거의 반세기 동안 그녀는 나보다 더 중요해졌다. 정보와 오락, 문화의 원천을 떠받치고 있기 때문이었다. 바람이 불어 안테나의 위치가 바뀌기라도 하면, 전기공이 가장 높은 가지에 올라가 그것을 축 안에 원위치시키곤 했다.

한편, 나는 쓰일 데가 더 이상 분명치 않았다. 식용이 불가능하여 떨어지면 풀밭을 뭉개는 것 외엔 아무 데도 쓸모없는 자그마한 배를 만들어낼 뿐이었다. 증류기의 시대는 갔다. 전쟁이 오기 전, 브랜디를 증류하는 이들은 내 열매로 감미로운 알코올을 만들기 위해 정원에 자리를 잡았고, 그 덕분에 나는 마을사람들의 취기 속을 여행하곤 했다. 하지만 그후로 나는 들쥐들의 입에나 들어가는 과일 졸임이 되어버렸다. 얘기가 그렇게 돼버린 것이다.

이졸드가 나를 제치고 내 지위를 차지했다. 비록 독일군이 쏜 총알을 간직하고 있다는 점에서는 내가 유리했지만, 사실 그것은 수동적인 우월함일 뿐이었다. 가구만큼의 쓸모도 없는, 과거로부터 비롯된 장점에 불과했다. 란 부부가 그들의 작은 TV 화면으로 세상을 받아들인 건 이졸드 덕분이었다. 시선을 끈 것도 그녀였다. 사람들은 매년 그녀의 맨 꼭대기에 세워놓은 안테나 주위의 가지를 잘라냈다. 그리고 그녀가 드나드는 다람쥐와 내려앉는 까마귀들의 무게, 눈, 그리고 태풍 때문에 피해를 입을까 걱정했다.

그리고 뭔가 큰일이 일어날지도 모른다는 당신들의 두려움은 늘 그랬듯이 결국 사건을 일으키고 말았다. 20세기 말의 그 유명한 대혼란은 지구가 천년 만에 종말을 맞이할지도 모른다는 당신들의 불안이 초래한 것으로, 그 두려움은 주로 결국은 일어나지도 않았던 밀레니엄 버그에 집중되었다. 두려움이 일단 전세계적 규모로 전파되자, 그것은 에너지가 되었다. 변압기를 발견하든가, 아니면 땅으로 돌아가야만 하는 에너지였다. 결국 우리 나무들이 퓨즈로 쓰였다. 나는 마른 잔가지 몇 개를 잃고 말았지만, 이졸드의 가장 높은 주지主枝, 즉 안테나가 매달린 가지는 갈래를 스치고 지나간 바람에 부러져버렸다.

란 박사는 그 가지를 잘라내고 지붕에 접시안테나를 설치했다. 그 이후로 텔레비전은 배나무 없이도 잘 나왔다. 이졸드는 이제 반쪽에 불과한 존재였다. 지팡이처럼 생겼으나 더 이상 아무것도 떠받치지 못하는 깡마르고 보기 흉한 생존자에 지나지 않았다.

나는 다시 그녀를 지배하게 되었다. 그런데 지금은 그녀의 발밑에 누워 죽어가고 있는 것이다.

현존

La présence

■

잠깐 나타난 집배원을 제외하면 땅 위에서의 내 첫날은 곁에 아무도 없이 흘러갔다. 인간들과 함께 살다보니 그들의 시간 개념을 내 안에 받아들이게 되었지만, 그들이 내 곁에서 사라지자 나는 그것을 잃어버렸다. 그들이 돌아와야 흘러간 시간을 다시 인식하게 될 것이다.

달빛 아래, 한 존재가 나를 현재 상태로 되돌려놓았다. 이웃사람들의 딸이다. 그들은 내가 자기네 정원에 쓰러질지도 모르니 (이는 지형의 경사도나 탁월풍의 방향으로 볼 때 실현 가능성이 거의 없는 주장이었다) 나를 베어내야 한다는 내용의 고소장을 제

출했었다. 지금 내가 이렇게 본의 아니게 란 박사의 정원에 쓰러져 있는 게 바로 그들의 주장이 가설에 불과했음을 보여주는 가장 확실한 증거다.

나는 그들이 사실은 질투를 하는 거라고 생각한다. 이사를 온 후로 그들의 아이가 오직 내게만 관심을 보였던 것이다. 아이는 오직 내게만 말을 했다. 그들이 도착한 날, 아이는 새 집과 친해지기도 전에 나한테 먼저 왔다. 부모들이 가구를 배치하는 동안, 자물쇠가 채워져 있지 않은 낡은 문을 밀고 나와서 곧장 내 쪽으로 다가왔다. 한 인간의 눈에 비친 내 모습이 그렇게까지 아름답고 그렇게까지 귀하고 그렇게까지 중요했던 적은 거의 없었다. 나는 이 구역에서 가장 큰 나무는 아니었다. 하지만 나는 꽃을 피우고 있었다. 개나리가 나를 앞지르려다가 지친 나머지 얼마 전에 시들어버린 바로 그 순간, 정원에서 유일하게 꽃을 피운 것이다. 이졸드는 내가 햇빛을 일부 가리고 있었던 덕분에 나보다 일주일 뒤에야 꽃을 피울 수 있었다.

어린 소녀는 몸이 마르고 등이 굽었으며, 냉해를 입은 싹처럼 몸을 움츠리고 있었다. 아이는 머뭇거리면서 나지막이 달린 내 가지들을 쓰다듬고, 잎이 떨어진 가지에 피어난 꽃의 향기를 맡았다. 그런데 도시에서 온 아이의 코에는 꽃향기가 좀 자극적이었던 모양이다. 아이가 재채기를 했고, 내 껍질의 집적기가 그 정보를 분석했다. 숲에서는 알려져 있지 않은 물질들과 탄산가스로 폐가 오염되어 있기는 했지만, 아이는 건강한 편이었다. 나는 아이가 좁고 더러운 도시에서 왔으며, 여기 와서 처음 만난 게 나라는 사실을 아이의 생각에서 읽어냈다. 나는 아이가 처음으로 보는 야생목이었고, 처음으로 알게 된 시골친구였으며, 처음으로 속내를 털어놓은 상대였다. 나는 아이가 시작하게 된 새 삶의 상징이었으며, 아이에게 꽃을 선사하는 잠자는 숲속의 왕자였다. 꽃 한 송이가 스스로 떨어져 아이의 손 위에 사뿐히 내려앉았다.

그러자 아이는 더할 나위 없이 기뻐했다. 아이가 까르르 웃음을 터뜨렸다. 경탄과 해방, 발견의 웃음이었다.

"거기서 뭐 하니, 마농?"

아이의 부모가 걱정스러운 표정으로 아이를 찾으러 왔다. 아무도 없다 해도 그런 식으로 남의 집에 들어가면 안 돼, 하고 아이 아버지가 말했다. 아이는 계속 깔깔댔다. 아이 어머니가 질겁했다.

"대체 무슨 일이지, 얘가? 생전 안 웃는 앤데."

그 뒤로 그들은 나를 경계해왔다. 그들은 아이가 내게 접근하는 것을 금했다. 그들이 부른 배관공이 내 험담을 늘어놓으며 일조했다는 말도 해야겠다. 마을에서 나는 평판이 나빴다. 마을사람들의 집단적 기억은 나를 이 외진 마을에서 일어나는 모든 사건에 연루시키더니, 결국은 그 책임자로 만들고 말았다. 나는 한 마녀를 불태워 죽였고, 신부들을 목매달았으며, 한 시인을 자살로 몰아갔고, 한 영국인을 불구자로 만들었으며, 아이 하나를 총살시켰다……게다가 가지 치는 일꾼이 머리를 땅으로 향한 채 곤두박질치게 했다. 이 사람은 아직도 혼수상태에서 깨어나지 못하고 있다. 나는 불행을 불러오는 존재였다. 귀신이 붙은 존재였다. 란 박사가 나를 트리스탕이라고 부르며 나와 오랫동안 이야기를 나누었지만, 아무것도 해결되지 않았다. 배관공은 그가 내게 몸을 바싹 붙인 채, 환자들의 상태가 어떤지 진단해달라고 내게 부탁하고, 나더러 도와달라고 간청하고, 환자들이 건강을 회복하게 해달라고 기도하는 모습을 보았다. 나는 사람들에게 불행을 불러오거나, 아니면 그들을 미치광이로 만드는 존재였다.

이런 이유로 이웃에 사는 마농은 부모가 집을 비우고 할머니가 돌보러 올 때만 나를 몰래 만날 수 있었다. 다른 때는 자기 방의 천창天窓을 통해서 나를 바라볼 뿐이었다. 아이는 멀리서 자신의 생각을 내게 보내왔다.

나는 삼백 년 동안 많은 비밀을 간직해왔지만, 마농의 비밀은 그중에서도 깊고 깊었다. 마농의 목소리를 알고 있는 건 오직 나뿐이었다. 마농이 왜 이제 더 이상 인간들에게 말을 하지 않는지 그 이유를 알고 있는 것도 오직 나뿐이었다. 사람들은 아이가 자폐증이라고 믿고 있었으나, 사실 아이는 복종하고 있는 것뿐이었다. "절대 아무 말도 하면 안 돼!" 마농의 아버지는 몇 년 전 눈물을 줄줄 흘리고 아이에게 입맞춤을 퍼부으며 애원했다. 마농은 머리를 끄덕여 그러겠노라고 약속했다. 그는 방금 딸에게 한 행동에 가슴이 찢어질 것만 같았다. 이 기억은 마농의 가슴속 가장 깊은 곳에 유폐되고, 침묵으로 바뀌었다. 기억은 잊혔지만, 나는 언제나 제거된 기억을 가장 먼저 포착한다. 그것이 지닌 밀도 때문이다.

마농이 속삭인다.

"아빠…… 우리 아빠…… 괜찮아요. 무서워 마세요."

마농은 내 그루터기 위에 무릎을 꿇은 채 둥지에서 떨어진 새를 다루듯 나를 안심시키며 금이 간 틈들을 어루만졌다. 우리가 서로 알게 된 뒤로 마농은 나를 아빠라고 부른다. 그애는 나를 대리 아버지, 예비 아버지, 믿고 의지할 수 있는 아버지로 삼았다. 내가 꼼짝하지 않고 항상 그녀와 함께 있기 때문이다. 내게는 감춰진 모습이 없다. 나는 아이에게 아무것도 요구하지 않는다. 그래서 마농은 결과에 대한 두려움 없이 자기가 사랑받고 있다고 느낀다. 이런 상황이 바뀌어야 할 이유는 전혀 없다. 우선은 우리 사이에 협정이 맺어져 있기 때문이다. 피와 수액으로 이루어진 협정이. 지난여름 마농은 내 몸에 자기 몸을 기댄 채 여자들이 생리라고 부르는 것을 처음으로 겪었다. 그녀가 너무나 불안해하고 너무나 절망스러워했기 때문에 내 엽맥 하나가 그만 끊어져 버렸다.

"이렇게 죽으면 안 돼요!"

그것은 명령인 동시에 확신이었고, 그 말을 들은 나는 미쳐버릴 듯했다. 마농이 나를 안심시키려는 순간 나는 내가 얼마나 공포에 사로잡혔었는지 깨달았다.

"무서워하지 마요, 아빠. 나 여기 있어요. 보이죠? 내가 돌아왔어요."

마농이 돌아왔다. 그녀는 연장을 들고 있었다. 그녀는 내 그루터기를 두드리고, 톱질을 하고, 대패로 다듬기 시작했다. 도대체 뭘 하려는 걸까. 알 수가 없었다. 아이의 생각이 전해주는 이미지를 이해할 수 없었다. 그녀의 의도를 파악할 수가 없었다. 파동의 상태는 나쁘지 않았지만, 내게 전달되지 않았다. 나를 수리하고, 평평하게 만들고, 밑둥을 자르려는 걸까? 그런 실용적인 종류의 행위는 아닌 것 같았다. 마농은 구체적인 목표도, 실제적인 이유도 없이 행위를 수행했다. 그것은 정원 일이라기보다는 영적인 행위에 가까웠다. 그녀의 정신상태는 뭔가 종교적이었지만, 나는 그 의식이 무엇인지 알지 못했다. 사람들은 나에게도, 이졸드에게도, 그리고 정원의 다른 거주자들에게도 그런 의식을 치러준

적이 없었다. 그런 행위에 대한 기억은 우리의 마음속에는 존재 하지 않는다.

그녀가 중얼거렸다.

"난 당신에게 예쁘게 보일 거예요."

"마농! 어디 있니? 마농!"

마농이 안 보인다는 걸 할머니가 알아차린 것이었다. 마농은 연장들을 챙기더니 이렇게 말하고 나서 사라졌다.

"얌전히 가만있어요."

나는 그 말이 뭘 의미하는지는 잘 알 수 없었다. 하지만, 그 말투는 왠지 맘에 들었다.

밤
La nuit

■

쓰러진 채로 나는 첫 번째 밤을 보냈다. 나의 잔가지들은 작은 벌레와 두더지, 땅벌 등, 그때까지만 해도 오직 뿌리로만 만나 온 것들과 여러 차례 접촉했다. 다람쥐들이 어쩔 줄 몰라 내 몸통을 따라 달음박질치다가, 눈에는 익지만 이제는 방향을 바꾼 가지들 위로 기어올랐다. 수직으로 뻗어 있던 가지들은 이제 지면과 평행을 이루고 있고, 수평으로 뻗어 있던 가지들은 하늘을 향해 곧추서 있다. 늙은 부엉이는 내 주위를 몇 차례 빙글빙글 돌다가 다른 거처를 찾아 떠났다. 그동안 그는 내 얼굴에 뚫려 있는 구멍에 머물렀었는데, 쓰러지면서 내 얼굴이 땅에 맞붙는 바람에 거기 접근할 수 없게 된 것이다. 박쥐들이 나를 스치듯 날아다니면서 음파탐지기를 통해 내 새로운 위치를 기억했다. 나 때문에 정원의 지표들이 뒤죽박죽이 되었다. 정돈되어 있던 것들이 단숨에 흐트러져버린 것이었다.

이졸드로부터는 여전히 아무런 정보도 전달되지 않았다. 당연한 일이었다. 너무나 많은 것들이 우리 둘을 갈라놓고 있어서, 내가 쓰러졌다 해서 우리가 다시 가까워지긴 어려웠다. 무엇보다도 이졸드의 접목이 문제였다. 루이 15세 치하에서 사람들은 이졸드에게 메시르 장의 어린 가지들을 접붙였고, 그 덕분에 그녀는 여러 대에 걸쳐 내 것보다 훨씬 더 우수한 배들을 생산했다. 그 가지들이 햇볕을 받지 못해 고통을 겪기 전까지는. 사람들이 그녀에게 기울이는 관심을 시기하여 내가 그녀에게서 햇빛을 훔쳤던 것이다. 그러다가 태풍이 불어닥쳤고, 그녀는 인간들에게 보여주던 아름다움을 잃어버리고 더 이상 제 구실도 할 수 없게 되었다. 그 이후로 사람들은 이졸드를 볼 때마다 당황해하며 내 쪽으로 시선을 돌리고 감탄했다. 이제 앞으로 무슨 일이 일어날까? 정원에서 나와 균형을 이룰 수 없게 되면 그녀의 모습은 사람들 눈에 더 한층 흉해 보일 것이다. 어쩌면 잘려나갈지도 모른다. 만일 그런 일이 일어나면 그건 나 때문이다. 나의 부재 때문이다.

이졸드. 그녀로부터는 더 이상 기대할 게 없어 보인다. 만일 내가 이 자리에서 그대로 썩으면 그녀는 부식토를 비옥하게 해줄 영양소를 통해 나를 섭취할 것이다. 사람들이 나를 이 자리에서 치워버리면 그녀는 빈 공간을 누릴 수 있게 될 것이다. 이 두 가지 경우, 나의 추억은 오직 그녀 안에서만 존재하게 될 것이다. 인간들이 간청한다면 그 추억은 '나 아직 여기 있어'라고 답하겠지만. 앞으로 나의 존재는 인간들에게만, 오직 당신들에게만, 움직이고 변화하는 형제들에게만 달려 있게 될 것이다. 어쨌든 나는 그렇게 믿는다. 당신들의 과거가 아닌 다른 미래는 이제 내게 더 이상 존재하지 않는다.

나의 내력을 재구성하고 있는 야니스 카라스가 란 박사보다 먼저 나를 발견했으면 좋겠다. 그는 젊다. 그에게 나는 일 때문에 알게 된 사이에 불과하다. 그의 삶에는 다른 나무들이 있다. 그는 충격을 극복할 것이다. 그는 나의 나이든 주인이 자신 앞에 놓인 이 시련을 이겨낼 수 있도록 준비하게 도와줄 것이다……

나는 이런 불안을 느껴본 적이 없다. 누군가의 마음을 아프게 하는 것. 뭔가 잘못했다고 미리 죄의식을 느끼는 것. 흥미로운 일이다. 나를 아직도 땅과 연결시키고 있는 단 하나의 뿌리가 전달해주는 정보들이 점차 줄어들면서, 나는 내가 이해하고 싶어도 이해할 수 없는 인간들의 감정에 한층 더 영향을 받는 것 같다.

그들의 감정을 더 잘 느끼는 것이다.

이제, 나는 나뭇가지 치는 사람을 생각한다. 아니, 그가 나를 생각하고, 나로 하여금 그의 추락을 다시 체험하게 만드는 것인지도 모른다. 우리는 멀리 떨어져 있지만 서로의 슬픔을 공감한다. 이런 일이 내 구역 밖에서 일어난 건 처음이다. 내 의식 상태가 변했기 때문일까? 아니면 그의 의식 상태가 변한 걸까?

그가 떨어진다. 그는 끝없이 떨어지고, 날고 있다는 환상을 유지하기 위해 땅과 충돌하는 순간을 지연시킨다. 그의 꿈속에 내 모습은 나타나지 않는다. 오직 그와 하늘뿐이다. 그것은 이제 더 이상 공통의 추억이 아니다. 그의 무의식이 이 사건의 결과를 수정하고 부정하고 있기 때문이다. 내가 그를 위해서 할 수 있는 일은 아무것도 없고, 그 역시 나를 위해 무엇도 할 수 없다. 우리들의 이 혼수상태는 얼마나 계속될까? 죽음을 예방하려는 이 가짜 죽음, 이 가짜 징후는 결국 진짜가 되고 말겠지……

그가 내 가지가 부러진 것과 자신의 추락을 더 이상 연관시키지 않는다는 사실, 이는 어쩌면 그가 비극의 원인인 나를 용서했음을 의미하는 것인지도 모른다. 그래서 나도 그처럼 그를 용서하기로 했다. 만일 그가 몇 해 전 겨울에 내 가지를 좀더 신중하게 쳤더라면, 그 정체모를 해충, 여러 해 동안 내 면역체계를 현저히 약화시킨 그 외래 기생충이 이 정원에 있던 가구들에서 기어나와 내 백목질 속으로 그렇게 깊이 침투하진 못했을 것이다.

안녕, 가지 치는 사람이여. 이제 우리는 서로에게 빚진 게 없다네.

발견

La découverte

■

자동차가 우체통 앞에서 멈춰 섰다. 조르주 란이 자동차에서 단숨에 뛰어내리더니 비를 맞아 부풀어오른 낡은 문을 밀치며 나를 향해 달려왔다.

"트리스탕!"

그의 비통한 외침이 까마귀들과 꿩들의 울음소리 사이로 울려 퍼졌다.

"아니, 이럴 수가…… 말도 안 돼!"

그의 발걸음이 느려지더니 눈에서 눈물이 쏟아지고, 무릎이 땅에 닿았다. 그가 나의 가지들을 껴안았다.

"트리스탕……"

그는 헐떡거리는 목소리로 내 이름을 거듭 부르며 흐느낄 뿐이었다. 옛날, 우리에게 트리스탕과 이졸드라는 인간의 이름을 붙여준 것은 그의 아이들의 어머니였다. 죽어서야 사랑을 이룬 전설의 연인들. 이처럼 전설 속에 등장하는 연인들의 이름을 따서 붙여진 이름은, 처음 얼마 동안은, 예전에 사람들이 내게 '성모마리아의 나무'라든가 '정의의 나무' 같은 이름을 붙였을 때만큼의 효과를 발휘했다. 하지만 조르주 란이 '트리스탕'이라고 발음하면, 나는 그의 목소리에서 오직 나만을 보았다. 그의 정신 상태는 느껴지지만 내 이름과 연관된 다른 파동은 느껴지지 않았다.

그의 아내가 다가와서 그가 몸을 일으키도록 도와주었다. 그가 딸꾹질을 했다.

"왜? 도대체 왜?"

이 물음 속에는 수많은 의문이 담겨 있었다. 왜 내가, 왜 오늘, 왜 그가 부재중일 때, 왜 그가 살아 있을 때.

"정원사를 불러요, 엘렌. 일으켜 세운 다음 다시 심어서 살려야겠어……"

"그건 안 돼요, 조르주. 진정하라구요. 봐요. 이제 뿌리는 하나밖에 없고 몸통은 밑둥 부분이 부러졌어요. 가지도 다 부러졌고……"

"이게 대체 뭐지?"

그는 내 그루터기로 가까이 다가오더니, 내 몸통에 금이 가서 생긴 틈 정도의 높이에 마농이 나를 위해 만들어놓은 사람 형상 같은 것을 가리켰다.

"이리 와요, 조르주. 거기 그러고 있지 말고. 날도 춥고, 당신, 좀 쉬어야 해요……"

그는 깊은 슬픔으로 오그라든 거인처럼 몸을 구부리고 숨을 거칠게 몰아쉬며 아내가 하라는 대로 했다. 아내는 그를 초가집 안으로 데려갔다. 그리하여 나는 그가 느끼는 감정들과 홀로 남게 되었다. 분노, 무기력, 슬픔, 그리고 버림받았다는 느낌.

나는 그가 쓰러지도록 내버려두었다.

*

안녕, 조르주. 날 원망해선 안 돼. 당신도 알다시피 난 시간의 지배자가 아니니까. 나는 당신이 편안한 마지막을 맞기를 바랐어. 그런데 내 마지막이 너무 갑작스럽게 찾아왔군. 하지만 부디 나를 행복한 추억으로 남겨줘. 부탁이야.

나는 당신의 슬픔과 당신의 기도, 당신의 즐거움, 당신의 열정,

당신의 고통을 흡수했어. 모두 당신이 내게 토로한 것들이지. 당신은 나를 아껴주었고, 돌봐주었고, 내 몸에서 이끼를 벗겨주었고, 무늬말벌들의 벌집을 떼어주었지. 나는 당신이 내게 준 에너지를 다시 당신에게 발산해주었어. 당신이 간청한 것들 중 몇 가지에 대해서는 내 능력이 닿는 한 영향력을 발휘해 실현하기도 했어. 당신이 간절히 필요로 하는 고요함을 깨뜨리는 항공로를 우회시킨다거나, 당신 친구들의 운명을 좋은 쪽으로 바꿔놓는다거나, 당신을 찾아온 모든 환자들의 생명을 구한다거나, 당신 아들을 돌려준다거나 하는, 내가 하고 싶어도 할 수 없는 일들도 있었지…… 하지만 나는 당신이 내 주위를 걷는 동안 언제나 당신과 함께했어. 당신은 무슨 좋은 소식이라도 전하듯이 당신이 죽고 나면 유해를 화장해 내 발밑에 뿌리게 할 거라고 내게 말했었지. 그런데 이제 내가 당신의 벽난로 속에서 불태워지게 되었군.

안타까워, 조르주. 나는 아무런 유감 없이 당신의 죽음을 애도하겠지만, 당신은 나의 죽음을 두고 무엇을 할 수 있을까?

비평가

Le critique

■

뭔가 놀라운 일이 내게 일어났다. 방금 나의 의식이 정원을 떠난 것이다. 이런 일은 가지 치는 사람의 경우처럼 꿈에 의해 변형된 과거의 영상을 통해서만 일어나는 건 아니다. 이번에는 누가 별안간 나를 다른 장소에, 침실 한가운데 다시 심어놓은 것처럼 느껴진다.

나의 나무 표본들이 어지러운 책상 위 여기저기에 놓여 있다. 계절마다 나를 찍은 사진들이 '피루스 코무니스—프레발'이라고 쓰인 서류철에서 빠져나와 있다. 지금 나는 야니스 카라스의 집에 있는 게 분명하다. 그는 지난주에 만난 한 젊은 여자와 함께 있다. 그때 내 주변의 땅에서 토양 투수성 검사를 했던 여자다.

내가 어떻게, 그리고 왜 이 낯선 배경에, 이렇게 멀리 떨어져 일어나는 사건 속에 와 있는 것일까. 나름대로 판단해보건대, 그들은 지금 사랑을 나누는 중이다. 내가 알고 있던 것과는 전혀 다른 모습으로. 지난 몇백 년 동안 내 몸에 기대어 일어났던 성폭행이나 허겁지겁 해치우듯 이루어지던 성행위와는 완전히 다르단 이야기다. 고통과 분노, 초조함, 혹은 두려움. 지금껏 나는 인간의 섹스라고 하면 이런 감정적 동요만 떠올려왔다. 내 껍질에 자신들의 이니셜을 새겨넣은 몇몇 연인들의 유치하고 강렬하고 지나치게 추상적인 감정을 빼면.

지금 이것은 억제된 에너지의 폭발이다. 생체기능이 촉진되는 초봄, 내 몸속에서 상승하는 수액이 체관 속으로 스며들기 위해 효소들로 부글거리는 것과 비교할 만한 현상이다. 다른 게 하나 있다면, 매년 나는 지칠 때까지 이 같은 흥분의 환희를 혼자서 유발하고 느끼고 만끽한다는 것이다. 그런데 여기 이 두 사람은 함께 봄을 만들고 힘을 합치고 있다. 이렇게 합쳐진 그들의 엄청난 힘은 서로에게 공급되고, 서로의 균형을 잡아준다. 더욱 하나가 되기 위해 돌연 중단되기도 한다. 그리고 나의 의식은 그들이 나누는 사랑에 맞춰 함께 변화해간다.

내가 사물을 지각하는 방식이 낯설기 그지없다. 완전히 새롭다. 지금까지 나는 동물과 버섯, 그리고 나와 관계를 맺고 있는 인간들의 관점을 알아내기 위해, 필요할 때마다 그들과 결합하곤 했었다. 사람들이 여전히 내 열매를 수확하던 시절에는 과일의 형태로, 새들이 내게서 잔가지들을 훔칠 때는 그들의 부리 속에서 여행을 하곤 했었다. 나는 새와 함께 둥지를 짓기도 했고, 내 배를 산 사람과 함께 그것을 맛보기도 했다. 나는 그들의 눈을 통해 세상을 보았다. 인간들이 하는 말로, 그렇게 나는 바캉스를 즐겼다. 그렇게 환경을 바꾸어 낯선 느낌을 즐겼다.

그러나 이제 나는 원치도 않았건만 그들 내부에서 그들의 감정을 느끼고 있다. 매우 강렬한 공감이다. 해충들을 어떻게 물리칠지 알아내기 위해 나의 파동을 벌레들의 몸속으로 침투시키려 했을 때도 이 같은 공감을 경험한 적이 있다. 차이가 있다면 지금 여기서 나는 아무것도 하지 않고 있다는 점이다. 그저 일종의 회오리 속으로 빨려들어가 수동적인 증인의 역할을 하고 있을 뿐이다.

연인들이 자세를 바꾸고 리듬을 달리하자 나는 한 계절에서 다른 계절로, 열에 들뜬 듯한 여름의 충만함에서 가을의 내려놓음으로, 겨울의 정지된 시간에서 봄의 재편성으로 넘어간다. 오르가슴에 이르며 느닷없이 막을 내리는 그들의 진행중인 쾌락의 작업을 통해, 마치 내 삶을 다시 한번 가속으로 사는 것 같다. 그러나 목재 절단기처럼 날카롭게 고조되는 그들의 신음 소리는 그리 유쾌하지는 않았다.

뒤얽힌 그들의 몸뚱이 위로, 진정된 헐떡임 위로 다시 침묵이 내려앉는다. 지금 나는 이들의 사생활 속에서 뭘 하고 있는 걸까. 하지만 내 의식이 그 기능으로부터 분리된 이후, 나는 처음으로 유쾌함을 느꼈다. 내 수술의 꽃가루를 몸에 잔뜩 묻힌 벌들과 접촉하는 것만큼이나 유쾌했다.

"말해봐. 당신, 어땠어?" 젊은 여자가 궁금한 듯 물었다.

"끝내줬어." 야니스 카라스가 그녀의 왼쪽 엉덩이를 어루만지며 짤막하게 대답했다.

"당신, 메시지 왔나봐." 그녀가 머리맡 탁자 위에서 깜박이는 휴대전화 쪽으로 턱짓을 하며 덧붙였다.

야니스는 손을 뻗어 더듬더듬 버튼을 누르고는, 그녀에게서 몸을 빼내지 않은 채 휴대전화를 귀에 갖다 댔다.

"아니, 말도 안 돼! 말도 안 된다고!" 그가 침대에서 펄쩍 뛰어오르며 소리쳤다.

그러고는 성기를 덜렁거리며 사무용 책상에 다가가 털썩 주저앉더니, 두 손으로 얼굴을 감싸며 양 팔꿈치를 내 사진들 위에 올려놓았다.

"무슨 문제 있어?" 여자가 다정하게 물었다.

그는 대답하지 않았다. 그는 전문가의 감정보고서와 기록보관소의 문서, 샘플 채취 결과, 연대 추정 소견서들을 들여다보았다. 방금 온 전화는 내가 쓰러졌다는 소식을 알리는 란 박사의 전화였다. 나를 여기에 내던진 것은 내 주인의 생각일까? 뿌리가 뽑힌 나무는 자신의 의지와는 무관하게 이리저리 떠돌아다니는 하나의 의식意識이 돼버리는 걸까?

"여태 헛고생을 한 거잖아!" 야니스가 나와 관련된 서류를 옆으로 밀쳐버리며 한숨을 내쉬었다.

조사弔辭치고는 좀 짧은 말이었다. 하지만 그가 이처럼 실망스러워하는 건 충분히 이해할 수 있었다. 그는 나를 스타로 만들기 위해 조르주 란과 죽어라고 싸웠다. 그는 나무 비평가다. 우리에 관한 책을 쓴다. 우리를 사진에 담고, 우리의 목록을 작성하고, 우리를 선별하고, 우리보다 덜 흥미로운 종種들로 만들어진 종이 위에 우리에 관해 기술한다. 나는 다음 판版 책에 실리기로 되어 있었으나, 이제 그런 일은 일어나지 않을 것이다. 프랑스의 '주목할 만한 나무들'로 분류되려면 어쨌든 살아 있어야만 하니까. 아니, 최소한 서 있기는 해야 하니까. 사람들에게 보여줄 정도는 되어야 하고, 산책의 목표가 될 수 있어야 하니까.

야니스 카라스는 꽤 마음에 드는 친구다. 성격이 좋고, 매력 있고, 열정적인 청년이다. 이기적이지만 또 그만큼 관대하기도 하다. 그는 자기 자신에게 만족하는 보기 드문 인간이다. 차고 지붕의 기와들을 자꾸 벗겨내는 야생 포도나무처럼 치렁치렁한 긴 밤색 머리칼에, 두 눈은 초가집 벽을 무너뜨리는 라일락 나무의 푸른 꽃 색깔과 똑같다. 그의 경쾌한 파동, 나를 대하는 태도 역시 무척 마음에 들었다. 그는 여자를 대하듯 나무들을 대한다. 불성실하면서도 꾸준하다. 그는 우리 모두를 사랑하고, 우리를 보며 감탄하고, 우리를 수집하고, 우리에 대해 친구들에게 이야기하고, 때로는 우리를 오해하기도 한다. 하지만 그건 중요하지 않다. 중요한 것은 그가 무엇을 보여주느냐 하는 것이다. 활기로 가득한 환희, 상대방을 기분 좋게 하는 관심, 시간을 멈추게 하는 짧은 꿈. 그는 우리가 필요한 존재라고 생각한다. 단지 우리가 생명과 공기, 즐거움을 제공하기 때문만이 아니다. 우리를 사랑함으로써 자기 자신이 더 나아진다고 생각하기 때문이다. 더 많이 사랑할수록 더 잘 사랑할 수 있다, 그는 그렇게 생각한다. 그의 여인들이 항상 그 말에 동의하는 것은 아니다. 하지만 우리는 그 말에 동의한다. 어쨌든 나는 그렇다.

야니스 덕분에, 그의 지식과 호기심과 열정 덕분에 나는 존재조차 모르고 있던 몇몇 동족들이 어떻게 작동하는지 알게 되었다. 그가 모든 각도에서 내 사진을 찍고, 이끼와 껍질을 긁어내고, 견본을 채취하고, 내 나이가 몇 살인지를 알아내기 위해 내 백목질을 고갱이까지 검사하는 동안 나는 그를 관찰했고, 그 역시 나를 관찰했다. 그가 내 주변에 설치한 장비들이 그랬듯 나는 그의 기억을 스캔했다.

그는 내가 삼백 년 동안 함께했던 시인들과 군인들, 신비주의자들, 모험가들보다 훨씬 더 많이 여행하도록 해주었다. 나의 종種 내부를 여행하면서 내가 예상 밖의 지평을 열어보게 해준 것이다. 그는 지난날 나의 기능—나 자신도 의식하지 못하면서 행하는 모든 것—에 대해 내게 설명해준 그 영국인 식물학자보다 훨씬 더 먼 곳으로 나를 데려갔다.

나는 해트클리프 경을 통해 내가 빈대를 불임시키는 호르몬을 생성하고, 잎의 타닌 함유량이 증가하면서 내 잎을 과다 섭취한 송충이가 중독되고, 탄소 원자를 두 개밖에 함유하지 않은 가스인 에틸렌 덕분에 육 미터 오십 센티미터 이내에 있는 동족들과 경고 메시지를 주고받을 수 있다는 사실을 알게 되었다. 그런 것들 덕분에 나는 아름다운 가지를 가지게 되었다. 해트클리프 경은 나에 대해 속속들이 알고 있었다. 내가 나에 대해 알고 있는 모든 걸 내게 가르쳐준 사람이 해트클리프 경이다. 하지만 자연스레 이루어지는 식물학적 과정을 인간의 언어로 부르는 게 대체 무슨 소용인가. 그는 빛을 비춰주었지만 나의 지평은 전혀 밝아지지 않았다. 나는 여전히 내 유전자와 과거, 내 곁을 스쳐가는 인간들, 그리고 인접한 주변 환경의 결합으로 인해 행사되는 영향력에 복종했다.

반대로 야니스 덕분에 나는 안데스산맥의 종려나무에 대해 알게 되었다. 이 나무는 땅 밖으로 드러나는 뿌리를 형성해 햇볕이 더 잘 드는 쪽으로 스스로 알아서 움직인다고 했다. 목을 졸라 죽이는 무화과나무에 관한 이야기도 들었다. 이 나무의 씨앗은 처음에는 대추야자나무 줄기에 달라붙어 있다가, 줄기를 은밀하게 늘어뜨리며 길게 성장시켜 땅에 뿌리를 내린 다음, 숙주나무의 자양분 풍부한 수액을 빨아 먹는다. 그러면서 대추야자나무를 서서히 질식시켜 그 자리를 빼앗는다는 것이다. 사랑에 빠져 천 년 동안 서로를 향해 자라다가 결국은 한몸이 된 라 랑드 파트리의 주목朱木에 관한 이야기를 들었을 때는 그들의 운명에 질투가 느껴지기도 했다. 그리고 프랑스 최고령자인 로크브륀의 올리브나무 이야기를 들었을 때는 몸이 떨렸다. 네로 황제 시대에 심어졌고, 787년에 샤를마뉴 대제가 그 가지들이 드리운 그늘 아래서 낮잠을 잠으로써 명예를 얻었던 이 나무는 1920년 10월 11일 나무 상인이었던 주인의 손에 의해 잘려나갈 뻔했으나, 외무부장관을 지내고 은퇴한 가브리엘 아노토 덕분에 1천5백 프랑에 간신히 목숨을 건졌다.

물론 현재의 내 상황에서 가장 감동적인 이야기는 루아르 아틀랑티크에 있는 아바레츠 밤나무 이야기다. 그는 1985년 구백 살의 나이로 살기를 멈추었지만, 땅 위까지 늘어진 어마어마한 가지들이 땅속으로 뿌리를 내려, 자신의 유해를 둘러싼 관목의 모습으로 다시 태어났다. 야니스는 클론화化를 통해 후손을 창조해냄으로써 죽어서 영웅이 된 이 나무에게 자신의 책을 헌정했다.

이 같은 운명을 들으니, 인간의 감정 중 가장 큰 영향을 미치는 감정인 질투까지 느껴지진 않았지만, 그래도 크나큰 슬픔이 샘솟았다. 그런 식으로 살아남을 가능성은 내 유전자 속에 기록되어 있지 않았다. 나는 그런 가능성이 존재한다는 것조차 모르고 있었다. 자신이 아무 쓸모도 없이 거추장스럽고 방해만 된다고 느끼는 것, 잘리고 쪼개지고 치워져서 풍경에서 사라지기를 기다리는 것, 그것이 집에서 자라는 나무들의 서글픈 운명이다. 만일 내가 모든 것이 자율적으로 돌아가는 숲 한가운데 있었다면, 내가 원하는 리듬에 따라 편안하게 분해되어 근처의 식물들에게 영양을 공급하고, 후세에는 그들을 위해 뭔가 보람찬 일을 할 수도 있을 텐데.

장작의 형태를 띤 후에는 대체 어떤 미래를 기대할 수 있을까? 인간의 몸을 덥혀주면 약간이나마 온기를 느끼게 될까? 내가 과연 좋은 연료가 될 수 있을지조차 모르겠다. 이 분야에서 내가 겪은 일들이라는 게 너무나 혐오스러운 일뿐이어서—나의 마른 나무는 모조리 잘려, 사람들이 마녀라고 믿었던 한 여자를 화형시키는 장작으로 쓰였다—가끔이나마 내 잔가지에 부여된 불쏘시개의 역할조차 제대로 해낸 적이 없었다. 그래도 가끔 나는 초가집에 살았던 여러 주인들에 의해 소나무나 서양물푸레나무, 작은 고리바구니나 신문지와 뒤섞여 불태워졌고, 그 때문에 지각 작용에 혼란이 일어나곤 했다.

그런데 내가 한 더미 장작으로 전락한다면 내 기억은 어떻게 될까? 아무렇게나 잘려나갈까, 아니면 그 모든 추억이 각각의 토막들에서 나 여기 있어요, 라고 대답하게 될까? 어떤 게 제일 나은 건지 모르겠다. 내 의식이 장작으로 만들어지는 과정에서 건조돼버리는 게 나을지, 아니면 연기로 변하는 게 나을지, 그것도 아니면 잊혀진 뿌리 속에 매달려 있는 게 가장 나을지. 인간들이 내게 무엇을 기대하는지, 잘 모르겠다. 그들이 기다리는 게 뭔지도 잘 모르겠다.

이졸드가 자신의 몸 절반을 잃은 건 엄청난 한파가 몰아닥쳤던 겨울이었다. 장작 상인들의 재고가 동이 나자 란 박사는 땅에 떨어진 나뭇가지 20스테르*를 시청에 주었고, 시청 직원들은 가

* 장작을 헤아리는 단위.

지들을 수레에 싣고 내 영향력이 미치지 않는 곳으로 가져갔다. 만일 이졸드의 가지들이 란 박사가 사는 초가집 벽난로에서 태워졌다면 나는 가스 낙진을 통해 정보를 수집할 수 있었을지도 모른다. 어쨌든 나무가 활동중일 때는 죽은 가지야 어찌 되든 아랑곳하지 않는 법이다. 내 죽은 가지가 사람을 산 채로 태워 죽이는 데 쓰였던 경우만 제외하면 말이다.

어쨌든, 사람들이 나를 잘라내면 그때는 알게 되리라. 내가 가로로 누워서라도 생존할 기회를 란 박사가 제공하기로 결심하지 않는 한, 그렇게 될 것이다. 그가 내 부러진 몸통과 그루터기를 연결하고 있는 가느다란 백목질 부분을 어루만지는 순간, 나는 느꼈다. 내가 옆으로 길게 누워 있는 모습이 그의 머릿속을 스쳐 가는 것을. 그것은 나를 치료하고자 하는 간절한 마음에 지나지 않았을 것이다. 내게 뿌리가 하나밖에 남지 않아 더 이상 생명 활동을 연장할 수 없기 때문만은 아니다. 지금 나는 길을 가로막은 채 산산조각 나 있고, 제대로 보지도 못한다. 내 모습을 사람들의 마음속에서 이런 식으로 느끼다니, 나로서는 견딜 수 없는 일이다. 나를 이렇게 누워 있는 모습으로 유물처럼 보관하면 내 기억은 훼손되고 말리라. 울창한 숲 한 구석이라면 괜찮다. 하지만 수백 년 전에 조화롭게 조성한 정원 한가운데에서는 아니다. 몰상식하고, 보기 흉하고, 고통스러운 모습이다. 나를 알고 있던 사람들이 두 눈을 감고서 내게 새로운 의미를 부여해주는 것, 내가 원하는 건 오직 그뿐이다. 나는 당신들이 말하듯, 의연하게 떠나고 싶다.

"무슨 일이야, 야니스?"

그는 한숨을 내쉬며 머리를 좌우로 흔들었다. 마침내 그의 입술에서 말이 흘러나온다.

"월요일 밤에 돌풍이 불었어. 그런데 내가 분류중인 배나무가 견뎌내지 못했어."

"저런!"

새 쫓는 그물처럼 생긴 옷(피부를 허벅지 중간까지만 가려주는)만 걸쳤을 뿐 여전히 벌거벗다시피 한 그녀는 침대커버 위에서 애도를 표시로 두 다리를 꼬았다.

"봐봐, 내 편에서 보면 아주 잘된 일이야." 그녀는 그를 위로하겠다고 덧붙인다. "내가 말했잖아, 침전물을 걸러내는 구덩이를 파기에는 그곳이 가장 이상적인 자리라고."

"쥘리, 들어봐……" 야니스가 유감스럽다는 듯 나무라는 투로 대답한다. "그건 삼백 년 된 나무야. 그 종이 그렇게 오래 사는 건 굉장히 희귀한 일이라고. 루이 15세 때 심은 거라니까!"

"각자 자기 일이 있는 법이지. 나무는 어디까지나 나무라고. 하지만 하수구가 없는 집에는 반드시 하수 관련법이 적용돼야

해. 그 사람들 하수 처리가 아무 문제 없이 이루어졌더라면 자기의 그 배나무는 아직까지 똑바로 서 있었을 거야."

"말이라고 막 하지 마, 쥘리. 배나무는 바람 때문에 쓰러진 거야. 하수 때문에 그런 게 아니라고!"

"이리 와. 내가 위로해줄게……"

허를 찔린 그는 망설이다가 그녀가 누워 있는 침대로 갔다. 물론 그녀는 그와 동일한 감수성을 갖고 있지 않았다. 그녀는 배수과에서 분뇨정화조 검사관으로 일했다. 사람들의 집을 방문해 위생시설을 검사하고, 시설이 규정에 맞지 않는다는 사실을 알리고, 견적서를 발행하는 일을 했다. 그녀의 말에서 떠오르는 이미지에 따르면, 설거지한 물과 발효된 분뇨가 담긴 탱크가 내 뿌리가 있던 곳에 자리하게 될 것이다. 그것이 죽고 난 뒤의 내 의식에 어떤 효과를 미치게 될지는 모르겠다.

*

지금 나는 다시 정원에 있다. 연인들은 나에 대한 생각을 멈추고 내게 자유를 돌려주었다. 아니면 내 잔해에 대한 그들의 이야기 덕분에 다시 정원으로 오게 된 건지도 모른다. 벌써 황혼녘이다. 챙 없는 모자를 쓴 조르주 란이 모포를 망토처럼 두르고 접이식 간이의자에 앉아 나를 지켜보고 있다. 그가 뚫어져라 보고 있는 건 내 껍질의 한 부분이다. 그는 아들의 목숨을 앗아간 탄환 위로 껍질이 자라지 못하도록 그 부분을 매년 꼼꼼하게 끌로 파낸다. 이제 그는 어떻게 할까? 탄환을 빼낼까, 아니면 그 소중한 부분 주위를 통째로 잘라낼까? 고통스럽거나 고통스럽지 않은 수많은 순간들, 어쩌면 우리가 마지막으로 공유하는 건지도 모를 수많은 유예된 추억들 중 두 가지 이미지가 그의 마음속을 오가고 있다.

"야니스 전화예요." 그의 아내가 전화기를 손에 들고 다가온다. "집으로 들어가요, 조르주. 날이 추워요……"

그는 아무 말 없이 전화기를 받아들었다. 억양이 강한 야니스의 목소리였다. 그는 조르주에게 애도를 표하고는, 자기 역시 슬프기는 하지만 나를 기리는 파티를 열어야 한다고 덧붙였다.

"파티라고?"

그가 대체 무슨 말을 하는 건지 나 역시 이해가 되지 않았다. 그의 말 중 단 한 마디도 시각적으로 확실하게 떠오르지 않았다. 추상적인 말들이었다. 나는 이런 정신적 영역에는 접근하지 못했다. 인간들이 파티라고 부르는 건 보통 어떤 사건을 중심으로 한 즐거운 모임을 말한다. 가족이나 친구들의 모임 같은. 조르주 란에게는 더 이상 친구가 없다. 첫 아내가 친구들을 모두 앗아가 버렸다. 가족들은 선물을 주고받으려고 성탄절에나 찾아올 뿐이다. 야니스가 내게 관심을 보인 이후, 그는 란 박사에게 애착을 갖게 된 유일한 외부인이다.

"그를 베어내 그에게 경의를 표하자고요, 조르주. 결혼 전에 총각 파티를 여는 것처럼, 나무로서 그의 삶을 묻어주는 파티를 열어요."

이 문장의 파동이 내게 기묘한 효과를 미친다. 마치 그 말을 들은 누군가가, 혹은 무언가가 나를 통해 진심 어린 감사의 마음을 느끼기라도 하듯이. 그것은 조르주나 야니스, 혹은 엘렌의 감정이 아니다. 어쩌면 내가 살아 있을 때 죽은 누군가의 감정일까? 어쨌거나 어린 자크도 아니다. 그의 영혼은 그의 몸을 꿰뚫은 탄환과 연결되어 있지 않다.

아니다, 그것은 낯설지만 친숙한 존재다. 마치 미풍처럼 서로 뒤섞여 내 기억 속에서 끊임없이 조잘대는 수많은 목소리 가운데서 그것은 뚜렷이 구별된다. 하지만, 나는 그 존재가 무엇인지 식별해낼 수가 없다. 그 존재의 본질은 다른 것들과는 다르다. 어떤 추억이나 만남, 포착된 감정과도 일치하지 않는 존재. 그것은 어느 청춘의 사랑이 보내오는, 오래된 슬픔이자 일종의 구조 요청이다.

소년으로서의 내 삶을 땅에 묻는다.* 이 말은 대체 누구와 관련된 걸까? 그리고 이 말이 왜 이토록 간절한 희망을 불러일으키는 걸까?

* 앞서 나온 '총각파티를 하다'에 해당되는 프랑스어를 직역하면 '소년으로서의 삶을 땅에 묻는다'는 뜻이다.

절단

La coupe

■

만일 토막이 난 뒤에도 살아남는다면, 내가 가장 아쉬워할 것은 아마도 '연대감'일 것이다. 세대에서 세대를 거치며 내 손님들인 기생생물들과 빚어온 그 모든 관계들. 뿌리를 망가뜨리는 더러운 벌레인 선충류들로부터 나를 보호해주는 식충버섯 '주파구스'가 생각난다. 이 버섯은 선충류들 중 하나가 제 손이 미치는 곳에 나타나면, 즉시 끈끈이로 가득한 가느다란 섬유 같은 것을 쏘아 액체성 결절로 벌레를 질식시킨 다음, 흡수하여 소화시킨다. 그 대가로 나는 버섯에게 사냥용 섬유를 생성하는 데 필요한 질소 함유 물질을 제공한다. 자신들에게 영양분이 되어주는 식물성 세포조직의 생산을 증가시키고 싶을 때는 유충으로 나를 사육하고, 그에 대한 대가로 잎을 잘라가는 '아타'처럼, 내게 해를 끼치는 다른 개미 유충으로부터 나를 지켜주던 개미들도 생각난다.

이 같은 순환은 이제 다른 곳에서 재개되기 위해 멈춰져 있다. 설사 내 의식이 계속 남아 있다 하더라도, 이제 그것은 오직 인간의 사고와 관계를 맺게 될 것이다. 인간의 사고는 신뢰도가 떨어지는 지표다. 그들의 교류는 복잡하기 그지없다. 차라리 버섯과 개미가 어떻게 기능하는지 이해하는 편이 훨씬 더 쉽다.

*

너무도 많은 사람들이 연이어 내 주변에 나타난다. 주의를 기울여봐도 집중할 수 없는 이런 번잡스러움보다는 무감각한 고독이 낫다. 나는 나를 사랑하는 존재들의 슬픔을 견뎌낼 수가 없다. 이 같은 비생산적인 거부 반응은 나를 그들의 현재 속에 헛되이 가둬둘 뿐이다.

그중 오직 한 사람만이 내게 도움이 된다. 밤이 깊으면 살그머니 찾아와 한 여자의 형상을 내 몸에 새기는 마농. 내가 아무 통제도 가하지 않는 이 같은 변화만이 내가 아직 어떤 목표 속에 존재하고 있음을 느끼게 해준다. 그 외의 모든 것은 나를 과거에 결부시키거나, 해결해야 할 문젯거리로 취급할 뿐이다. 전정剪定 회사, 배수과, 보험회사 따위와 같은……

내가 입은 피해를 확인하기 위해 파견된 전문가는 내가 이웃들에게 재산상 손해를 입히지 않았다며 '내 앞으로 비용을 보상하기를' 거부했다. 내 사고가 '내부 재해'라는 것이다. 그리고 작은 돌풍은 프랑스 기상청에서 폭풍우의 범주로 분류되지 않기 때문에 절단 비용과 소개疏開 비용이 자연재해로 보험 처리되지 않는다는 것이었다.

조르주 란은 나와 분노를 나누고 내 존재의 정당함을 주장하기 위해, 내게 다가와서 보험업자 앞으로 보낼 답장을 읽어주었다.

"'관련 위험의 보장 불능'이라고 결론내린 전문가 보고서를 귀하로부터 접수하였습니다. 나는 귀하의 논거를 반박할 시간도 없을뿐더러, 내 보험계약서를 면밀히 검토하고 싶지도 않습니다. 그 대신, 나는 프랑스의 '주목할 만한 나무'로 분류중인 나의 고故 배나무에 적용되는 '재해'라는 명칭을 거부하며, 그를 기억하는 의미에서 이 편지를 통해 귀사와 체결한 종합주택보험 계약을 해지하는 바입니다. 나의 감정이 상처를 입었음을 알아주시기 바랍니다……"

그는 눈물로 범벅이 된 편지를 내려놓더니 내 몸 위에 앉아 작은 목소리로 물었다.

"괜찮니?"

내 머리 속을 울리는 대답이 들려왔다. 대답을 만들어내는 것은 바로 그다. 그가 내게 귀를 기울일 때마다 늘 그랬듯이. 인간은 우리가 하는 말을 알아듣지 못한다. 우리가 그들에게 보내는 이미지를 볼 줄 모르기 때문이다. 하지만 우리는 같은 주파수로 전파를 발산한다. 그가 말하는 것이 내게는 보이기 때문이다.

그러는 한편, 우리는 그들의 마음속 목소리와 다시 접속한다. 항상 그런 식이다. 소통하는 데 아무런 문제 없는 버섯이라든가 개미와, 스스로에게 이야기하는 인간 사이에서 내가 어느 쪽을 선택할지는 늘 명확하다. 나는 언제나 순수한 정보보다는 허구의 이야기를 좋아했다. 그것은 어느 쪽이 더 긴급한가의 문제다. 식물과 동물은 그들의 유전자 속에 새겨진 것을 결코 잃지 않는 반면, 인간들은 생각만 할 뿐 더 이상 상상은 하지 않는 기계가 되어버리는 경향이 있다. 내가 이렇게 오래 산 것은 내가 살아 있는 동안 꿈을 꾸게 해주었던 몇몇 사람들 덕분이다. 예지와 시정詩情, 유머는 내게 토양의 단백질만큼이나 필요한 영양분이다. 당신들의 나쁜 파동은 나를 약하게 만들고, 좋은 파동은 나를 강하게 만들어준다. 나무라고 해서 오직 빛만을 갈구하는 건 아니다. 물론 어디서나 빛을 찾기는 하지만.

*

그 날이 왔다. 절단기와 톱, 외바퀴손수레의 날이 온 것이다. 가족이 인부들보다 먼저 도착했다. 겨울 해가 밝게 떠올랐다. 란 박사는 딸들의 결혼식 때 썼던 넓은 텐트를 쳤다. 가스 난방기와 음식을 차려놓은 식탁, 흰색 식탁보, 접이식 의자가 등장하고, 금속 날이 내는 소리와 우지끈 하는 소리를 덮어버리기 위해 음악이 울려 퍼졌다. 내 조직이 훼손당하고 내가 이룬 조화가 망가지는 것을 잊게 하기 위해 틀어놓은 바그너의 오페라가.

사람들이 내 사지를 자르는 동안 나는 란 박사의 가족과 거기 가져다놓은 이런저런 물건들 쪽으로 관심을 돌렸다. 일종의 마취를 하듯이. 란 박사의 전 부인인 자클린을 다시 보게 되어 기쁘다. 내가 마지막 별명을 갖게 된 건 그녀 덕분이다. 처음에 그녀는 나로 하여금 꿈을 꾸게 했으나, 나중에는 나를 증오했다. 그녀는 내 주변에서 틈나는 대로 노래를 불렀고, 나는 내 수액이 더 빨리 흐르게 하는 그녀의 떨리는 소프라노를 무척이나 좋아했다. 전쟁 전에 그녀는 여름이면 내 열매로 잼을 만들었다. 그것은 너무나 관능적이고 감미로워, 잊으려야 잊을 수 없는 체험이었다. 물론 그 결과물에 모든 사람들이 얼굴을 찡그렸지만, 자클린은 고집스러웠다. 잼을 만드는 것은 오페라를 제외하고는 그녀의 유일한 취미였기 때문에, 그녀는 마치 악보 곳곳의 어려운 부분을 극복하듯 나의 신맛을 누그러뜨렸다. 그녀는 열매의 껍질을 벗기고, 자르고, 삶고, 휘젓고, 계피와 바닐라와 아니스를 첨가하고, 손가락으로 맛을 보는 사이사이 발성연습을 했다. 여인의 손이 불러일으키는 내밀함을 느껴본 것은 그때가 처음이었다. 그리고 이제는 마농이 내 몸에 새로운 형상을 새기며 그때와 똑같은 느낌을 내게 불러일으킨다.

란 박사의 첫 부인은 두 번째 부인에게 쌀쌀맞게 인사를 건네고, 두 번째 부인은 그녀를 포옹하며 와줘서 고맙다고 말한다. 두 사람은 곁눈질을 해가며 서로의 노화 상태를 비교한다. 서로 다른 두 가지 견해. 한 사람은 지나치게 반들반들한 나무처럼 주름 하나 없고, 다른 한 사람은 자신의 주름살과 체념에 가까운 조화를 이루고 있다. 두 사람은 사무칠 정도로 서로를 싫어한다. 자클린의 자리를 대신하기 전, 엘렌은 그녀의 정신과의사였다. 자클린은 이 일종의 유료 사제에게 한 달에 두 차례 남에게는 말하지 않는 이야기들과 부부 사이의 불만을 털어놓았다. 자클린은 어린 아들을 잃은 후 두 딸을 낳았다. 왜 조르주는 딸들에게 아무런 관심도 보이지 않을까? 마치 현재를 받아들이는 것이 과거에 대한 모욕이라도 된다는 듯이. "그는 환자들을 받지 않는 시간에는 배나무와 말을 하며 시간을 보낸답니다. 맛없는 야생종인데다 너무 늙어서 이제는 잼을 만들기도 어려운 배가 열리는 나무죠. 자크를 죽인 총탄이 거기 아직 박혀 있다는 핑계로 그 나무 몸통을 얼싸안고 거기에 매달리고 어루만진답니다. 나는 이 페티시 같고 병적인 관계를 더는 견딜 수가 없어요. 어머니와 아내로서의 나 자신이 부정당하고 있는 것처럼 느껴져요. 이해하시겠어요, 선생님?"

이 정신분석의는 나무와 바람을 피우는 남편에 대해 환자가 퍼부어대는 비난을 너무 많이 듣다가, 결국 그 남편을 사랑하게 되었다. 그녀는 직업적 의무를 위반하고 자클린의 이혼을 부추겼는데, 사실 자클린으로서는 이혼이 가장 적절한 해결책이었고 그 결과는 사십 년 동안 모든 사람을 만족시켰다. 앙심을 품은 덕분에 완벽하게 젊음을 유지한 자클린은 무리의 우두머리 역할을 계속 수행하면서 디바로서 자신의 성격을 충족하고 있었고, 딸들과 손주들의 타산적인 애정을 제 마음대로 조종했다. 그녀의 딸들은 많은 자식들을 낳았고, 그녀는 손주들을 지나치게 애지중지해 아이들에게 환영받았다.

한편 현실을 받아들이려 하지 않는 그의 행동을 이해해주고 그의 열정을 공유하는 스무 살 연하의 아내 덕에 젊음을 되찾은 조르주는 과거에 충실한 동시에 현재의 삶에 대한 의욕을 되찾았다. 그의 부활이 내게 안겨주었던 그 모든 행복을 이제 그에게 어떻게 돌려줘야 할까? 우리의 관계가 오래 지속된다면 정말 좋겠다. 그러나 그와 동시에, 그의 슬픔은 절단기의 공격보다 훨씬 더 큰 아픔을 내게 안겨준다.

*

절단기의 날이 단 두 번 만에 나의 마지막 뿌리를 나와 분리시켰지만, 아무렇지도 않았다. 나는 이미 다른 곳에 와 있다. 나는 쉴 새 없이 바퀴가 돌아가는 외바퀴손수레에 실려 헛간 처마까지 옮겨져 이곳에서 새로운 조화를 이룬다. 장작더미는 질서정연하게, 반듯반듯하게 쌓여 올라간다. 벽난로에 들어갈 수 있는 크기로 정성스레 다시 쪼개진 내 불그스름한 나무는 친구들의 눈물 글썽한 눈 속에서 새로운 모습으로 비춰진다. 사람들에게 나는 끝내야 할 일거리, 하나의 부피, 시간당 비용에 불과하다. 그러나 조르주와 야니스에게 내 장작더미는 나를 기억하기 위해 쌓아올리는 기념물이나 다름없다. 그리고 나는 이 기억이 몸통에서 분리된 하나하나의 토막 속에 깃들어 있음을 확신할 수 있었다.

가장 불쾌한 것은 아마도 나의 작은 가지들을 톱밥으로 갈아버리는 분쇄기일 것이다. 그 가지들의 섬유 속에 기록되어 있는 성장 관련 정보들과 미래 정보의 손실은 지난 몇백 년 동안 저장해온 정보를 잃는 것보다 훨씬 더 심각하다. 혼란은 망각보다 더 고약한 것이다.

봄이 오면 정원에서 내 부재의 흔적을 지워버릴 수 있도록 그들은 벌써부터 내가 있던 구멍을 메우고 잔디 씨를 뿌리고 있다. 내 뿌리는 어떻게 될까? 썩을까? 아니면 그루터기에서 새싹이 돋아날까? 이상한 일이지만 그것은 더 이상 나와는 상관없는 문제다. 당분간 나는 살아 있는 것들에 달라붙은 채 살아갈 뿐이고, 그들의 눈에 보이지 않을 나의 일부에 대해 기대할 것은 아무것도 없다. 처마 밑에 스테르 단위로 세워진 나의 새로운 건축물은 그들에겐 일종의 비망록이 될 것이다.

사진들 역시 마찬가지다. 나의 사진들. 가지고 있던 내 사진 전부를 정리하는 란 박사의 감정 속에서 나는 어젯밤을 보냈다. 고통. 비통하고 헛되다는 느낌. 그의 정신 속에서 나라는 존재가 끊임없이 살아 움직이고, 나를 기억하고자 하는 그 작업에 의해 내 형태가 재주조再鑄造됨으로써 우리의 관계가 계속되고 내게 삶이 덤으로 주어지기 때문에, 과거에만 고정된 죽은 이미지들은 나의 진화를 가로막는다.

나의 진화. 그건 어쩌면 과장되고 헛된 생각인지도 모른다. 과연 내가 어떤 식으로 진화할 수 있을까? 잘 모르겠다. 죽음 이후에도 계절이라는 것이 있을까? 내 수액이 다 흐르고 난 뒤에도, 내 마지막 장작이 불태워지고 난 후에도, 나를 사랑했던 인간들이 죽고 난 후에도 내가 살아남을 수 있을까?

지금까지 내가 유일하게 희망을 걸 수 있는 것은 마농의 조각뿐이다. 나의 모든 부분은 파괴되고 소모되고 재가 되어 흩어지도록 운명 지어져 있다. 이 사춘기 소녀의 마음속에서 점점 더 자라나, 그녀의 손가락 아래서 형태를 갖추어가는 예술품을 제외하고는. 그것은 나의 마지막 성장이다.

지난밤 조르주 란은 앨범을 덮더니 망치 소리에 이끌려 밖을 내다보기 위해 창가로 향했다. 나는 기뻤다. 하지만 마농은 사람들이 행여 깨기라도 할까봐 끌에 헝겊을 감아두었다. 조르주는 잠옷 위에 망토를 걸치고는 밖으로 나가, 챙 없는 모자에 고무줄로 손전등을 고정시킨 채 달빛 아래에서 작업에 열중하고 있는 나의 어린 조각가에게 다가갔다. 그녀는 도망치려 했지만, 그는 그런 그녀를 붙들었다. 그러고는 그녀가 내 장례식에 밤샘을 해주러 오기라도 한 것처럼 거기 있어줘서 고맙다고 인사했다. 자신을 그녀와 동일시한 것이다. 그는 자기가 옛날에 내 가지를 잘라서 깎은 후, 그것으로 펜을 만들어 딸들에게 생일선물로 주었지만 아이들이 금세 잃어버렸다는 이야기를 마농에게 들려주었다.

"넌 나보다 재주가 훨씬 뛰어나구나. 네가 조각하는 건 요정이냐?"

그녀는 아니라며 고개를 가로저었다. 그것은 그녀가 앞으로 자라서 되고 싶은 그녀 자신의 모습이었지만, 그 사실을 알고 있는 건 오직 나뿐이었다. 지금 당장 보이는 건 나무에 나 있는 톱니 모양 자국과 어깨 모양, 갈라진 부분의 모서리를 부드럽게 다듬은 불규칙한 곡선과 둥글둥글한 선으로 그린 스케치뿐이었다.

"어쨌든 참 아름답구나. 트리스탕이 좋아할 거다."

마농은 눈을 내리깔았다. 그녀는 내가 자기를 저버렸다며 원망하고 있었다. 그녀의 양아버지이자 그녀의 나무 아버지, 그녀에게 믿음을 주는 유일한 지표였던 나는 그녀에게 인간에 대한 두려움과 외로움, 침묵을 안겨주었다. 그녀는 여전히 저항하고, 희망을 품으려 애썼다. 그녀는 자신의 미래의 모습을 나의 섬유질 속에 새겼다. 그것이 우리의 관계에서 뭔가 중요한 것으로, 뭔가 이롭고 생생한 것으로 남아 있도록 하기 위해서였다.

*

나는 벌목 인부들이 형태를 갖춰가고 있는 조각에 주의를 기울이지 않고 나를 무분별하게 산산조각낼까봐 걱정했다. 그러나 그들이 나타나자마자 조르주 란은 확실하게 지시를 내렸다. 그들은 절단기와 원형 톱을 이용해 나의 그루터기를 받침돌 크기로 만들었다.

조르주는 아직 완성되지 않은 조각상을 외바퀴손수레에 조심조심 싣고 어린 이웃에게 가져갔다. 소녀의 부모는 딸 주변을 왔다갔다하는 노인을 의심쩍은 눈으로 바라보았다. 그들은 마농이 자기들 허락도 없이 노인의 정원에 놀러간 데 대해 몹시 화가 나 있었다. 아이의 눈을 터뜨릴 수도 있을 뾰족한 흉기를 아이에게 주다니, 상상조차 할 수 없는 일이다. 손에 온통 가시가 박히겠어요. 위험하고 비위생적이에요. 더는 우리 딸한테 말 걸지 마세요. 안 그러면 아동학대죄로 고소할 테니까요.

조르주는 고개를 떨군 채 외바퀴손수레를 끌고 그 집을 떠났다. 내 입장으로서는 이 기다란 나무 막대가 달린 운반수단에 실리는 게 백번째, 아니 이백번째쯤 되지만, 그가 이렇게 터덜터덜 돌아가는 것을 보니 가슴이 찢어지듯 아팠다. 처음으로 나는 이별에 대한 깊은 불안감에 휩싸였다. 나의 뿌리로부터 절단되는 것,

나의 땅에서 떠나는 것, 다른 곳으로 옮겨가는 것, 나는 이 모든 것을 받아들였다. 그런 것들은 어떻게 되든 크게 상관없다. 하지만 마농의 손이 나를 위해 만들고 있는 잠재적 미래를 박탈당하는 것, 그것만은 온 힘을 다해 거부했다. 이런 식으로 끝날 수는 없는 것이다.

파티
Le fête

■

외바퀴손수레는 햇빛 비치는 텐트 앞에 여전히 덩그마니 놓여 있다. 가족들은 샴페인 병을 따서 잔을 채운 다음 '할아버지의 기운을 북돋워드리기 위해'—부모가 죽으면 바로 이 땅을 팔아버릴 생각을 갖고 있는 뚱뚱한 손자의 말이었다—나를 추모하는 건배를 한다. 이 사람들의 시선 속에서 미래는 복잡할 게 하나도 없었다.

야나스는 자신이 말할 차례가 되자 개략적으로 재구성한 나의 내력에 대해 이야기했다. 그의 이야기에서 빠진 부분은 맨 처음, 그러니까 1731년 내가 네 살의 나이로 이곳에 도착하기 이전 이야기다. 그는 카트린 부셰라는 여자가 나를 자기 부모의 초가집 앞에 옮겨 심은 바로 그날, 나의 크기가 얼마나 되었는지 기록한 문서를 발견해 그로부터 나의 생일을 유추했다고 말했다.

나 역시 내가 어디서 왔는지 모른다. 나의 뿌리는 새로운 토양에 동화되어 그것에 적응하려고 애쓰느라 고향에 대한 기억을 잊어버리고 말았다. 나는 처음으로 나 자신의 기원이 궁금해졌다. 내 삶의 일람표 첫 부분에 이처럼 어둠이 드리워져 있는 걸 매우 유감스럽게 여기는 야니스의 영향을 받아서인지도 모르지만.

이 나무 비평가가 풍부한 비유를 동원하며 설명하자, 내게 물을 줄 때마다 늘 울고 있던 카트린 부셰라는 여인의 얼굴이 불현듯 떠올랐다. 내가 옆에 있는 다른 배나무와는 달리 쉽게 '자리를 잡지' 못하자 그녀는 삽으로 땅을 갈아엎고, 가지를 치고, 내가 틔우는 싹을 선별하는 일에 더욱 더 몰두했다. 그녀는 늘 내게 애원했다. "나랑 함께 있자. 내 곁을 떠나면 안 돼." 그러고 나서 얼마 후에 그녀는 세상을 떠났다.

그다음에 초가집으로 이사 온 과일 장수는 선택을 달리했다. 내 옆에 있는 배나무가 더 튼튼하다고 생각한 그는 우선 그 나무에 접을 붙여 1등급 배를 수확해 큰돈을 벌었다. 그런데 내가 수술 받을 차례가 되었을 때 번개가 내 위로 내리쳤고, 그 바람에 내 몸통을 따라 기다란 구멍이 생겼고, 그 안을 들여다본 마을사람들은 거기서 성모마리아의 모습을 보았다고 믿었다. 하나님의 작품에 접을 붙이다니, 불경스러운 일이었다. 나는 축성을 받고 성스러워져 함부로 건드려선 안 되는 존재가 되었다. 하지만, 나는 나중에 그로 인해 해를 입게 되었다.

야니스는 대혁명 때 내 가지에 목이 매달린 수도사들의 순교에 대해 언급했다. 그리고 시간을 더 거슬러 올라가, 마녀라는 이유로 내 '신성한' 나무로 불태워져 화형당한 젊은 여자 자네트에 대한 이야기도 했다. 그러고 나서 그는 시인 미롱테가 내 무성한 나뭇잎 아래서 자신의 뮤즈인 아그리핀에게 찬양받아 마땅한 소네트를 헌정했지만, 사실 그녀는 그럴 자격이 없는 여자였다는 일화를 들려주며 사람들의 귀를 즐겁게 했다. 젊은 사람들은 깔깔대며 웃었다. 이 같은 활기 덕분에 나는 편안해졌고, 격정과 폭력으로 점철된 나의 내력도 부드러워졌다. 야니스는 다시 진지해지더니, 내가 살아 있는 동안 여기서 어느 일요일 오후를 보낸 드레퓌스 대위의 추억에 경의를 표했다. 그러고 나서 나의 기록을 검토하던 중에 그 존재를 알게 된 탁월한 식물학자 클래런스 해트클리프에 대해 언급했다. 그리고 전쟁을 어린애 장난 정도로 여겼던 가문의 영웅 어린 자크에게 경의를 표하는 것으로 마무리했다.

하지만 나는 더 이상 그곳에 있지 않았다. 나의 모든 에너지는 방금 집을 나선 마농의 부모를 살피는 데 동원되고 집중되었다. 나의 작은 조각가는 자기 방에서 단 한 발도 나가지 못하는 벌을 받았다. "엄마아빠가 다시 뭐라고 하기 전까지는 같이 슈퍼마켓에도 못 갈 줄 알아!" 내 의식은 갑작스러운 분노에 사로잡혔다. 그들은 쇼핑센터에 가기 위해 자동차로 숲속을 달리고 있다. 앞으로 그들은 어떻게 할까? 그들은 마농을 망가뜨릴 것이다. 강요와 맹목이 빚어낸 결과로 인해 그들은 각자 자기 식으로 벌써 아이를 망가뜨리기 시작하지 않았던가. 그들은 우리가 함께 작업하는 것을, 우리가 함께 미래를 맞이하는 것을 방해하리라. 마농과 내가 이처럼 서로 마음을 주고받을 수 있게 된 건 정말로 많은 것들이 힘을 보태준 덕분이다. 그런데 이 모든 걸 혼란에 빠뜨리다니, 도저히 참을 수가 없다. 이런 혼란은 사물의 질서에 포함되지 않는다. 반反 자연적이다.

나는 살아 있는 모든 것을 다스리는 대지의 힘에, 균형과 조정과 상호발전의 원칙에 호소했다…… 그러나 그 호소에 응답하는 것은 마농의 분노였다. 오직 그녀의 분노, 그녀의 마음속 이미지들뿐이었다. 나뭇가지 하나가 떨어지고, 핸들이 급히 꺾이고, 자동차가 나무 몸체 속에 처박혔다……

사람들이 박수갈채를 보냈다. 야니스는 수첩을 도로 덮고 조르주에게 발언권을 넘겼다. 나의 마지막 소유주가 일어나더니 안경을 고쳐 쓰고는 어젯밤 서재에서 찾아내 내 사진들 한가운데 놓아두었던 오래된 책의 접어둔 페이지를 펼쳤다. 나는 그 페이지를 읽어 내려가면서 그가 내비쳤던 감정이 마음에 들지 않았다. 그리고 이제 그것을 소리 내어 읽는다니, 더욱 기분이 나빠질 것 같았다.

그는 입을 열어 옹이진 목소리로, 이 책의 저자인 마르셀 브리옹이 그의 환자이자 친구였고, 특히 『유령들의 성』이라는 책에서 정원 총감독관의 입을 빌려 결정적인 말을 남긴 장본인이라고 말했다.

“나무들은 고통스러워한다. 그런데 그들의 병이 언제나 물리적인 것만은 아니다. 나무들은 우리가 생각하는 것보다 더 큰 정신적 고통을 겪는다. 나무들에게 병을 옮기고 자신들의 고통을 나무들에게 퍼뜨리는 것은 거의 대부분 인간들이다. 그들은 지독하게 이기적인 나머지, 자연이 자기들과 똑같이 마음과 정신에 병을 앓도록 만들고 싶어하기 때문이다.”

그는 침을 삼킨 다음, 자손들이 음식을 씹느라 침묵을 지키고 있는 가운데 다시 눈을 들었다. 그리고 나의 부재 때문에 한층 넓어 보이는 정원의 지평선으로 시선을 옮겼다. 그가 말을 이었다.

“나는 이웃으로 살고 있는 인간들에 의해 중독된 나무들을 보았다. 나무들은 생명 유지에 필수인 물질이 고갈되어버린 듯 서서히 시들어갔다……"

나는 그 말에 동의하지 않아, 조르주. 당신은 우리 관계를 잘못 파악했군…… 당신은 내게 잘해주기만 했어. 어쨌든 내 생각은 그래. 혹은 그렇기를 바란다고도 할 수 있겠지. 설사 그 작가가 옳다 하더라도, 설사 당신의 영향을 받아 내가 쇠락했다 해도, 당신은 거기에 대해 아무 책임이 없고 나 역시 마찬가지야. 그건 너무나 당연한 거지. 식물들은 사람들이 그들에게 털어놓는 감정들로부터 자신을 보호할 수 없게 돼 있어. 신중하겠답시고 슬픔으로부터 마음을 닫아 혼자서 기록적인 수명을 누릴 수도 없고. 중요한 건, 우리의 관계가 존재했다는 사실 그 자체야, 조르주 란. 우리의 관계가 서 있는 나무로서의 내 삶을 불가피하게 단축시켰다는 사실은 조금도 중요하지 않아.

당신은 당신 아들의 살아 있는 묘지로서 나를 애지중지했지만, 나는 그 덕분에 더 왕성하게 활동할 수 있었고, 더 많은 사랑을 받을 수 있었지. 그리고 그 덕분에 당신은 살아갈 수 있었고. 알지 못하는 사이 당신을 좀먹는 건, 천천히 진행되어 알아차릴 수 없는 그 암이야. 화학적 차원의 심한 변덕에 지나지 않는 그것이 자네 부부의 행복을 망쳐버렸지. 내가 당신 정원의 가구에서 옮겨온 외래 해충 때문에 안에서부터 썩어갔던 것처럼 말이야.

당신도 알다시피 감정은 문제가 되지 않아. 그러니 그 책은 그만 서가에 꽂아두고 불을 피워줘. 내 몸으로 당신의 몸을 덥히게 해줘. 마치 아무 일도 없었던 것처럼, 우리가 계속 부드럽게 하나가 될 수 있도록. 내게는 가벼움이 필요해, 조르주. 꿈이 필요해. 창조와 도피, 희망이 필요해. 난 추워.

당신의 슬픔엔 전염성이 있어. 맞아, 그건 사실이야. 하지만 그건 오직 내가 뿌리 뽑힌 이후의 일이야. 이제 당신은 행동해야 해. 나를 당신의 절망으로부터, 당신의 유독한 생각으로부터 보호해줘야 해. 내게 문제가 되는 건 당신 아들의 죽음이 아니라 바로 나의 죽음이야, 조르주.

"나는 내 고통과 회한을, 자크 대신 너희를 사랑할 수 없는 내 처지를 그 배나무에 묻어버림으로써 나무를 정신적으로 죽였지. 너희에게 용서를 빈다. 나는 삶을 선택하지 않았단다. 너희들 모두 저 나무가 내게 불러일으켰던 감정을 질투했었지. 난 그게 충분히 이해된다."

그는 가족들이 정중하게 항의하려 하자 무뚝뚝한 동작으로 가로막은 다음 말을 이어갔다.

"더 이상 그 나무가 없는 지금, 너희에게 어떻게 용서를 구해야 할지 모르겠구나…… 물론 상징적인 제스처는 취해질 거다. 행정당국에서 권장하는 대로 나무가 있던 자리에 새 분뇨정화조를 설치하는 거겠지. 하지만 뿌리에 손을 대지 않을 생각이다. 정화조는 집 뒤에 묻을 거다. 오늘 다들 이렇게 와줘서 고맙다. 너희들을 사랑한다. 그걸 행동으로 보여주거나 말로 하지는 않았지만 말이다."

란 박사는 침묵 속에 다시 의자에 앉았다. 그의 첫 부인이 머리를 가로젓더니 입술에 경련을 일으키며 하늘을 올려다보았다. 두 번째 아내는 깊은 생각에 잠겨 채소를 자기 접시 가장자리에 가지런히 늘어놓았다. 손자손녀들은 다른 곳을 쳐다보고 있었다. 가장 어린 아이들은 휴대용 오락기로 게임을 하러 식탁에서 일어났다.

끝난 건가? 이렇게 해서 '소년으로서 나의 삶이 종말을 맞았단' 말인가? 이게 전부인가? 이들 가족을 짓누르는 잠재된 갈등 때문에 유배당한 듯한 느낌만 더욱더 굳어질 뿐이었다.

그렇다. 그것은 유배나 다름없었다. 나는 정원에서, 내가 몇백 년 동안 굽어보았던 이 풍경의 한가운데서 낯선 존재가 되었다. 이제 나는 내 동족들을 위해 존재하지 않는다. 이제 한 무더기의 장작에 불과하니, 그들이 내게 불러일으키는 거북함을 상상할 일은 영영 없으리라. 서 있는 저 온전한 나무들 중에 내게 식별의 표지를 보내오는 나무는 이제 단 한 그루도 없다.

나도 저들 같았을까? 느릅나무와 사과나무, 자주색 너도밤나무, 그리고 나보다 먼저 죽은 소나무들도 내 무관심 때문에 고통스러웠을까? 그런 게 아니라면, 내 기원의 비밀 속에 나를 무관심하게 만드는 무언가가 존재하고 있는 걸까? 더 민감해지고, 영향을 더 잘 받고, 더 취약해지도록 만드는 무언가가…… 하지만 이졸드는 나와 동시에 이곳에 심어지지 않았던가. 그녀는 나와 같은 땅에서 자라났고, 나와 같은 역사를 가지고 있고, 나와 똑같이 망각했다…… 최소한 그녀와는 연대감을 느낄 수 있어야만 하리라…… 나를 자른 후에 남은 부스러기들이 비를 맞아 땅 속으로 스며들면 그녀의 뿌리와 접촉이 이루어질까?

아니다. 그것에 대해서는 더 이상 생각하고 싶지 않다. 나의 것들에 대해서 더는 아무것도 기대하고 싶지 않다. 이제 나는 그들의 세계에 속해 있지 않다. 이 낡은 관계를, 이 욕망과 후회와 앙심의 농축물을 끝장내고 차단해야 한다. 그것들은 내가 꾸준히 성장하기 위해 상상계에 온전히 접목하는 것을 가로막는다. 조르주는 과거로 돌아가버렸다. 야니스의 머릿속에는 다른 나무들이 자리 잡았다. 오직 마농만이 창조적인 생각을 발휘해 내게 미래를 제공해줄 수 있다. 내 역할은 끝나지 않았다. 좀더 오래 존재하고 싶다. 누군가가 나를 필요로 했으면 좋겠다.

목소리
La voix

■

“내 말 들려요? 나예요. 난 당신을 필요로 해요. 슬퍼하지 말아요. 나도 당신을 도와줄 테니까요. 날 봐요. 난 뛰어다니기도 하고 놀기도 한답니다. 난 왕이에요…… 우리 함께 떠날래요? 제발 부탁이니 구해줘요, 배나무. 사람들은 내가 누군지 알아야 해요.”

이 아이 목소리가 어디서 들려오는지, 내 나무가 쌓여 있는 저장고 안에서 깡충깡충 뛰고 있는, 마치 이중인화된 듯 보이는 이 실루엣이 어디서 나타났는지 나는 알지 못한다. 어린 자크도, 어머니 치마폭에 싸여 있는 시인 미롱트도 아니다. 아이는 내 삶을 가로질러갔던 소년들 중 그 누구와도 닮지 않았다……

"내 말 들려요? 자, 내게로 와요. 그럼 알 거예요."

이 존재는 나의 과거와는 상관없다. 그는 내 기억에서 온 존재가 아니다. 하지만, 어떻게 말해야 할지 모르겠으나, 그로부터 내가 비롯되었다는 느낌이 든다. 문득 내가 너무나 많이 되돌려진 것 같다는 느낌이 든다. 마치 나의 전 존재가 나를 탄생시킨 씨앗 속으로 흡수되려는 듯한 느낌이다.

아니야. 이건 내가 원하는 게 아니다. 난 내 삶을 연장시키고 싶다. 마농의 손으로 돌아가 그녀가 나를 만들게 하고 싶다. 새로운 존재방식에 대해 알고 싶다……

"안 돼요…… 돌아가요. 우리랑 같이 돌아가요. 당신은 당신이 어디서 태어났는지 알게 될 거예요…… 제발."

제발 이 목소리가 잠잠해지기를!

타오르는 불

La flambée

■

가족들은 날이 어둑해질 무렵 떠났다. 이제 집은 다시 평화로워졌고, 식기세척기는 파티의 마지막 흔적들을 지우고 있다. 엘렌은 자신의 부엌을 되찾았고, 내 곁에는 조르주와 야니스뿐이다.

나무 비평가는 내 몸체에서 잘라낸 통나무 하나를 무릎 위에 올려놓고 있는 늙은 의사를 바라보았다. 나로 하여금 내 삶의 흐름을 거슬러 올라가게 하려는 듯, 의사의 손은 나의 껍질에서 고갱이까지 나이테의 윤곽을 따라가며 어루만졌다. 나는 원치 않는다. 그 목소리가 다시 들려오는 걸 원하지 않는다. 나는 그들과 함께 여기 머물러 있고 싶었다. 나는 그들의 현재에 속해 있었다. 나는 그들의 기억보다 더 먼 곳으로 되돌려지기를 거부했다.

"저 나무가 받아들일 거라고 생각하세요?"

받아들이다…… 내 삶의 처음에도, 마지막에도 같은 동사가 쓰인다. 동일한 단어에 담겨 있는 똑같은 불안. 그러나 그것은 각각 정반대의 이야기를 하고 있다. 그렇다, 나는 받아들였다. 몇 분 만에. 나는 목질이 단단하고 조밀하지만 수액은 휘발성이 강한 편이었고, 불은 내 섬유 속으로 쉽게 퍼져나갔다.

나의 어느 부분을 가장 먼저 태울지 선택한 것은 조르주였다. 그의 결정에 나는 크게 동요했다. 그런 결심에 이르게 한 동기를 명확히 밝힌다는 것은 쉽지 않은 일이다. 경의와 회한, 희생, 방기放棄가 온갖 모순을 이루며 그의 머릿속에 뒤섞여 있으리라. 그러나 중요한 것은 오직 결과뿐이다.

불길이 통나무 껍질을 공격함에 따라 백목질이 독일군의 탄환 주변에서 팽창하는 게 느껴졌다. 그러자 기억이 새어나왔다. 마지막으로 병사들이 문을 박차고 초가집 안으로 들어와 아이를 찾았다. 자클린은 손에 칼을 든 채 계단을 가로막았다.

"자크, 어서 도망쳐!"

독일 병사 하나가 그녀에게서 칼을 빼앗더니 그것을 그녀의 목에 꽂은 후, 다른 세 병사와 함께 계단을 뛰어 올라갔다. 조르주는 비명을 지르며 아내에게 달려들어 과다 출혈을 막기 위해 잘려나간 동맥을 있는 힘껏 압박했다.

어린 자크는 이미 자기 방 창문을 뛰어넘어 도망친 뒤였다. 그는 너무나 민첩했고, 너무나 빨랐고, 너무나 말랐다. 항독지하단체 사람들의 말이 맞았다. 폭탄을 가지고 채광 환기창을 통해 독일군 사령부 안으로 들어갈 수 있는 사람은 오직 그뿐이었다. 그는 영웅이 되고 싶어했다. 학교 성적도 엉망, 테니스 실력도 엉망, 피아노 치는 솜씨도 엉망인 그가 드디어 흥미를 끄는 무언가를 찾아낸 것이다. 아버지의 골칫거리였던 그가 자신의 수훈을 아침식사 때 아버지에게 알릴 수 있게 되었으니 얼마나 자랑스러웠을까. 전쟁은 그에게 행운이었다. 게슈타포는 숨이 턱에 차도록 죽어라 정원을 달리는 그를 뒤쫓았다. 아기 예수와 성모마리아가 그를 보호해주고 있었다. 그들은 유대인이고, 따라서 나치에게 반대했으니까. 자크는 전혀 위험할 게 없었다.

조르주에게 그것은 일생일대의 딜레마였다. 만일 아들의 목숨을 구하러 그를 쫓아가기 위해 아내의 동맥을 누르고 있는 손을 놓는다면 그녀는 죽을 것이다. 어쨌든 총소리는 이미 들려왔다. 끔찍한 침묵이 십 초간 이어진 후 트럭 엔진소리가 들렸다. 독일군이 철수하고 있는 것이다. 그들에게는 허비할 시간이 없었다. 그들은 패주중이었고, 내일이면 연합군이 들이닥칠 것이다. 두개

골이 박살난 채 내 몸통 아래 쓰러져 있는 자크는 그들의 마지막 희생자였다.

내 껍질 속에서 낭종囊腫이 돼버린 기억이 불길에 의해 정화되듯, 조르주의 가슴이 비극의 무게에서 해방되는 게 느껴졌다. 마침내 그의 마음이 저 옛날 열등생의 웃음 덕분에 놓여난 것이다. 자크는 반에서 꼴찌였지만, 오늘날 그가 다니던 학교에는 그의 이름이 붙여져 있다. 그는 자신이 구해낸 사람들, 만일 그가 폭탄을 설치하지 않았더라면 독일군이 총살시키고 도망쳤을 죄수들이 영원한 감사를 표하는 가운데 평화로운 죽음을 맞았다. 그를 저승에 봉인시키는 것이 있다면, 그것은 그의 아버지가 그에 관한 기억을 붙들어맸던 탄환과 나무라는 두 가지의 물질적 매개체였다.

똑같은 평화가 내 의식과 조르주의 가슴속으로 밀려드는 게 느껴졌다. 노인은 자신이 왜 이처럼 희열을 느끼는지 스스로도 납득하지 못하고 있었다. 만일 앞에 앉은 나무 비평가 청년의 눈에서 이해와 동의를 보지 못했다면 그는 자신의 마음에 부끄러움을 느꼈으리라. 야니스는 태어나자마자 버려졌고, 거의 대부분의 경우 자신의 그런 상황에 만족했다. 그러나 조르주와 알게 된 이후로 야니스는 그를 양아버지로 모시고 싶다고 느꼈을 것이다. 그의 우정 어린 세심한 시선은 나의 불꽃이 발하는 희미한 빛

속에서 부드러운 미소로 바뀌었다.

“제가 트리스탕의 사진을 이용해 전설로 만들고자 한 것이 무엇인지 아십니까? 해트클리프 경이 런던으로 돌아가고 나서 선생님께 써 보낸 문장이에요. ‘자유를 돌려받으면 추억은 다시 살아나기 시작한다’라는.”

조르주가 머리를 끄덕인다. 그는 이제 인정한다. 자신의 나무를 잃은 것은 아들을 떠나보내기 위해서라는 사실을. 가장 아름다운 사랑의 맹세가 나의 껍질에 새겨졌을 때조차 나는 이런 애정의 흐름을 인간들과 공유하지 못했다. 만일 내가 언제나 이런 식으로 지상에서의 내 존재를 연장시킨다면, 죽는다는 것은 충분한 가치가 있는 일일 것이다.

*

모제르33의 탄환은 잿속에 떨어져 있었다. 그들은 오랫동안 침묵을 지켰다. 내 첫 장작이 다 탔을 때 엘렌이 합석하여 그들과 함께 포트와인을 마셨다. 화제를 바꾸기 위해 야니스는 조르주에게 왜 우리에게 트리스탕과 이졸드라는 이름을 붙였냐고 물었다.

"이제는 말씀해주셔도 되잖습니까."

노인은 난처한 시선으로 아내를 힐끔 보았고, 그녀는 눈을 내리깔았다. 그 나이에도 약혼자들처럼 부끄러워하다니, 귀여운 사람들이었다. 야니스는 나의 약력을 보충하기 위해 질문을 던질 때마다 같은 대답에 부딪혔다. "그건 의학적 비밀일세."

"그 이름을 붙인 건 이 사람이 아니에요." 엘렌이 기형인 손가락들을 남편의 손 안에 감추며 슬그머니 끼어들었다.

그러자 조르주는 마음의 벽장을 열었다. 그는 자신이 어쩌다가 바그너의 오페라 공연중에 첫 아내와 알게 되었는지 이야기했다. 그녀는 이제 막 〈이졸드의 죽음〉을 부른 참이었다. 관객들은 그녀의 곡 해석에 갈채를 보냈지만, 그녀는 자리에서 일어나지 못했다.

"그때 의과대학 3학년생이었던 나는 무대 위로 뛰쳐 올라갔어. 하지만 심장발작이나 단순한 신경성 질병이 아니었다네. 그녀는 나중에 NDE, 즉 근사近死 체험이라고 불리는 것을 겪은 것이었어. 자신이 맡은 등장인물을 너무나 강렬하게 연기했기 때문에, 연인을 만나기 위해 스스로 목숨을 끊는 사랑에 빠진 여인이 되어버렸기 때문에, 그 여인이 죽자 자신도 죽어버린 거지. 어쨌든 잠시 동안은 그랬다네. 그러다가 다시 정신을 차려보니 자신의 육체와 상대역들, 그리고 오케스트라 위로 솟아올랐었다는 군…… 천장 쪽으로 이끌려 올라갔고, 거기서 눈부신 빛줄기 하나가 자기를 둘러싸는 걸 느꼈다고 했지. 그리고 안개처럼 뿌연 태양 속에서 자신이 살아온 삶이 빠르게 펼쳐지는데, 어떤 목소리가 돌아가라고 말했다는 거였어. 아직 죽을 때가 아니라면서. 그리고 그녀는 내 품에서 다시 눈을 떴지."

"그냥 환각이었겠죠, 안 그렇습니까?" 보이지 않는 세계를 믿지 않는 야니스가 의견을 제시했다.

"그럴지도 모르지. 심장 전문의로 살아오면서 그런 종류의 이야기는 자주 들었지만, 그건 단 한 번도 들어본 적이 없는 일이었어. 예술 때문에 겪은 근사 체험은 그것이 유일했다네."

박사는 머리를 뒤로 젖히고 두 눈을 감은 채 잠시 아무 말이 없었다.

"그리고 얼마 후 우리는 결혼을 했지. 하지만 내가 그녀를 사랑하고 자크가 태어났는데도, 그녀는 그때 느꼈던 것을 잊을 수가 없었지. 그녀는 그 역할에 너무나 흠뻑 빠져 있었던데다, 시간을 초월한 그 감정과 죽음으로 이어진 그 '문'—그녀의 표현에 의하면 그랬지—을 다시 체험하고 싶어했어. 그래서 〈트리스탕과 이졸데〉를 노래할 기회가 생겼다 하면 절대로 놓치지 않았지. 심지어는 독일 점령기 때도 파리 오페라극장에서 카라얀의 지휘 아래 공연을 하기도 했다네. 그 바람에 대독협력자로 고발당하기도 했어. 만일 독일군이 아들을 죽이지 않았더라면 마을사람들에게 붙잡혀 머리칼을 깎였을지도 몰라. 서정예술 숙청위원회는 그녀의 경력에 종지부를 찍었지. 하기야 동맥을 다쳐서 어차피 노래하는 게 불가능해졌지만……"

그는 술을 한 모금 마셔 떨리는 입술을 진정시켰다. 엘렌이 그를 대신해 얘기를 계속했다.

"그녀는 정신분석학의 도움을 받아 다시 일어섰어요. 아니, 그렇게 보이도록 다른 사람들의 눈을 속였을지도 모르죠. 하지만 그녀는 자신을 '다시 죽이기' 위해 몇 년 동안 전축 앞에서 혼자 〈이졸드의 죽음〉을 노래했답니다. 하지만 소용없었죠."

"트리스탕과 이졸드는 오직 저세상에서만 사랑을 나눌 수 있으리." 조르주가 활활 타오르는 내 장작들을 뚫어지게 바라보면서 읊조렸다.

"죽음이 그들을 지상에서의 마지막 관계에서 자유롭게 하고, 영원히 결합시키리라." 엘렌이 마무리 지었다.

탁탁거리며 타오르는 나의 장작들 위로 다시 침묵이 내려앉는다. 우리의 이름이 우리의 역사에 영향을 미치기 위해서는 나의 이졸드가 죽기를 기다려야 하는 걸까? 그녀가 나를 '따를까'? 자살이라는 개념이 종種의 벽을 넘을 수 있을까?

아니다, 이런 것들은 인간중심의 생각에 지나지 않는다. 우리는 인간들처럼 사랑하지 않는다. 금지에서 비롯된 욕망, 열정을 대신하는 고통, 이런 것들은 인간들을 위한 것이다. 우리 과실수들은 훨씬 더 복잡하다. 우리는 자웅동주인 식물이다. 자클린 란은 이졸드를 암컷으로, 나를 수컷으로 설정하는 환상을 키웠지만, 우리가 피우는 꽃 한 송이 한 송이에는 수술과 암술이라는 두 가지 성이 모두 포함되어 있다. 우리에게 불가능한 것, 그것은 자화自花수정이다. 한 배나무에 존재하는 두 가지 기관의 성숙 일자는 서로 같지 않다. 해트클리프 경이 내게 설명해준 바에 따르면, 생물학적 다양성을 위해 우리는 벌들이 선택해주는 상대를 필요로 한다. 나를 이졸드와 결합시켜준 유일한 '사랑', 그것이 수분受粉이다. 내 수컷 씨앗을 이졸드의 암술머리까지 운반하고, 그 반대로도 하는 것이다. 인접성을 이유로 치르는 정략결혼인 셈이다. 하지만 그렇다고 해서 감정이 아예 개입되지 않는 건 아니다. 물론 인간들의 감정일 뿐이지만.

"책은 어떻게 할 거죠?" 엘렌이 물었다.

"출판사에 전화를 걸었어요. 이전 판에 실렸던 아바레츠의 밤나무에 대한 항의가 들어와 있어요. 독자들은 살아 있는 나무를 원해요. 어쩔 수 없이 트리스탕을 삭제해야 할 것 같아요." 야니스가 대답했다.

"알겠어요."

조르주는 나에 관한 책을 쓰는 저자를 대문까지 배웅했고, 그들은 이웃집 앞에 서 있는 소형 경찰 트럭의 불빛을 보았다. 국도를 달리던 자동차 한 대가 플라타너스 나무에 부딪쳐 불이 났고, 그 안에 타고 있던 사람들의 신원이 방금 확인되었다는 것이었다.

어디까지가 내 책임인지 나는 모른다. 내가 포착한 이미지와 대기층을 통해 중계한 마농의 분노가 운명에 어떤 영향을 미친 것일까. 아니면 그것들은 단지 전조에 불과했던 것일까. 이런 의문 때문에 마음이 어지럽다. 하지만 결국 중요한 것은 오직 결과일 뿐이다.

마농은 계속해서 나를 조각할 수 있게 될 것이다.

묘지
Le cimetière

■

동틀녘부터 눈이 내려서 야니스가 그들을 사륜구동 라이트밴에 태워 데리고 갔다. 묘혈 주변에는 그와 마농, 마농의 할머니, 란 부부, 그리고 투덜거리면서 꽁꽁 언 땅을 파고 있는 장의사 일꾼들 말고는 아무도 없었다. 도로 사정이 너무 안 좋아 친구들과 직장 동료들은 제시간에 도착하지 못했다. 그들 중 세 명은 차를 심하게 들이받았고, 신부님은 성당에서 나오다가 다리가 부러졌다. 마농의 부모의 장례식은 그들의 삶과 흡사했다. 겉으로는 체면을 지키며 사는 듯 보이지만, 실제로는 죄 없는 사람들에게 손해를 끼치는 것.

나는 마농의 호주머니 안에 있다. 소녀가 손으로 꼭 움켜쥐고 있는 나의 껍질 조각은 아이가 필요로 하는 것들을 아이에게 전하기 위해 애쓰고 있다. 용기와 희망, 그리고 이제는 오직 이 아이에게 달려 있는 삶에 대한 믿음 같은 것들을. 그녀의 꿈과 미래 사이에서 어떻게 다리 역할을 해야 할까? 그녀는 혼자다. 자유롭다. 이제는 더 이상 두려움과 부끄러움, 증오를 겪지 않을 것이다. 아이는 밤낮으로 공부할 것이다. 그러나 목표는 너무나 멀리 있고, 아무도 그녀를 기다리지 않는다. 중학교에서 그녀가 '장래희망' 난에 여성 조각가sculpteure라고 써넣었을 때 상담교사가 그녀에게 해주기 위해 생각해낸 말이라고는, 프랑스어에는 이미 이 단어의 여성형sculptrice이 존재한다는 게 전부였다. 하지만 마농은 남성들의 모델이 됨으로써 자신의 경력을 망친 여성 조각가 카미유 클로델처럼 되고 싶지 않았다. 그녀는 자신에게 여성형을 스스로 부여할 것이다.

눈송이에 뒤덮인 두 번째 관이 팽팽한 밧줄에 매달린 채 묘혈 속으로 내려가 첫 번째 관 위에 놓였다. 야니스는 회오悔惡의 표정을 지으며 작은 삽을 집어들더니, 꼼짝 않고 서 있는 푸른색 로덴 망토 차림의 사춘기 소녀에게 내밀었다. 마농이 꽁꽁 언 흙을 한 줌 퍼서, 마치 가게 진열창에 돌멩이를 던지듯 아버지의 관 위에 던지자 다들 깜짝 놀랐다.

"감사합니다." 소녀가 야니스에게 삽을 돌려주며 말했다.

아무도 감히 뭐라고 하지 못했다. 그들이 마농의 목소리를 들은 건 이때가 처음이었다.

"따뜻한 것 좀 드시러 가실래요?" 그녀는 이렇게 말하고 나서 돌아섰다.

깜짝 놀란 야니스는 망연자실해 있는 할머니(얼마 후 다시 그녀를 묻을 묘혈을 파야만 하리라)의 휠체어를 밀며 마농의 뒤를 바로 따라갔다. 란 부부도 빙판길에서 서로 의지하며 그 뒤를 따랐다.

담배 가게가 함께 있는 카페에서 마농은 그로그*를 주문했다. 사람들은 미성년자가 마시기에는 럼이 너무 많이 들어간다고 말하고 싶지만 망설였다. 다들 그녀와 똑같은 걸 주문했고, 분위기는 다소 풀어졌다. 마농은 이를 앙다문 채 차가운 시선으로 앞쪽 벽의 한 지점을 뚫어지게 응시하고 있었다.

"나도 부모님을 잃었지." 소녀가 느끼는 것이 슬픔이라고 생각한 야니스가 아픔을 나누고자 털어놓듯 말했다.

마농은 몸을 돌리더니, 마치 야니스가 자기 운명의 열쇠를 쥐

* 럼이나 브랜디에 설탕과 레몬, 더운 물을 섞은 음료.

고 있기라도 한 듯 새삼스레 그를 유심히 살폈다.

"어떤 분들이셨는데요?" 질문하는 그녀의 아이 같은 목소리는 쉬어 있었다.

야니스가 손으로 긴 밤색 머리칼을 훑자, 남아 있던 싸락눈이 그의 그로그 잔 속으로 떨어졌다."잘 모르겠는데." 그는 쓸쓸한 미소를 지으며 대답한다. "사실 그분들이 날 잃은 거거든. 나는 태어난 지 몇 시간도 지나지 않을 때 보쿨뢰르에 있는 잔다르크 보리수나무의 몸통 속 구멍에서 발견됐어. 사람들은 내가 살아 있는 게 기적이라고 했어. 도움이 되는 말이긴 해." 그는 대수롭지 않다는 투로 결론짓듯 말했다.

마농은 어안이 벙벙한 모양이었다.

"보리수나무라고요? 부모님이 아저씨를 보리수나무 속에 버렸다고요?"

"천만다행이었지. 겨울이었거든. 나무가 없었으면 난 죽었을 거다."

그녀는 심각한 표정으로 고개를 가로저었다. 그녀는 그와 자신을 동일시하려 하고 있었다. 야니스는 옆으로 돌아앉으며 스스로에게 물었다. 도대체 왜 이런 이야기를 꾸며낸 거야. 사실 그의 어머니는 그리스 난민이었고, 프랑스의 어느 병원에서 그를 낳은 직후에 숨을 거두었다. 그가 어머니에 대해 알고 있는 거라곤 군사독재 시절에 저지른 범죄 때문에 국제체포영장이 떨어져 있었다는 것뿐이었다. 어릴 때 짐짝처럼 아동보호소를 여기저기 전전했던 그가 나무를 생각해낸 건 순전히 이야기가 어디엔가 뿌리를 내려야 한다는 필요 때문이었다. 그는 비극이란 것이 뜻하지 않은 결과로 이어질 수도 있다는 점을 고아가 된 어린 소녀에게 보여주기 위해 그녀와의 공통점을, 즉 보리수나무와 배나무라는 하나의 축을 만들어낼 필요를 느낀 것이었다. 그리고 거기에는 이런 뜻도 함축되어 있었다. 나와 맺은 관계 덕분에 그녀도 야니스처럼 슬픔이나 원한을 품지 않고, 자신의 열정을 수용하고, 그것이 제공하는 즐거움을 누리는 사랑스러운 사람이 될 것이라는.

"네가 조각하고 있는 거 봤어." 야니스는 마농에게 말했다. "멋진 작품이 나올 것 같은데."

"그건 제 삶이 될 거예요." 마농은 그의 눈을 똑바로 보며 단호한 어조로 대답했다.

침묵이 흘렀다. 마치 나무로 만든 장난감 병정이 금세 쓰러질 것 같아도 여전히 부동을 유지하고 있는 것처럼, 꼼짝 않고 있는 그녀에게서는 힘이 느껴졌다. 야니스는 그녀의 시선을 피하지 않았다. 그리고 그녀가 나로부터 바라는 것을 얻게 될 거라고 자신 있게 대답했다. 18세기에 사람들이 내게 '소망의 나무'라는 별명을 붙여주었다면서. 이 이야기가 대체 어디서 나왔는지 모르겠다. 내가 기억상실증에 걸렸든지, 아니면 마농이 사명의 길을 나아갈 수 있도록 격려해주기 위해 그가 지어낸 것인지도 모른다.

"아저씨도 소원을 빌었어요?" 이렇게 묻는 그녀의 목소리에서는 도전과도 같은 희망이 울리고 있었다.

"그래, 나도 한 가지 소원을 빌었단다." 야니스는 당황하지 않고 대답한다. "그리고 그 소원이 실현돼가고 있었는데 트리스탕이 쓰러진 거지."

"무슨 소원이었는데요?" 마농은 호기심에 가득 차서 물었다.

"내가 쓴 소설이 출판되도록 해달라는 소원."

마농의 눈이 휘둥그레졌다.

"아저씨, 소설 썼어요?"

"그래, 두 페이지야. 일종의 기획안 같은 거지."

"무슨 이야기인데요?"

"트리스탕에 관한 이야기야. 한 배나무가 보는 삼백 년 동안의 역사지. 말하자면 그의 마음속 일기 같은 거라고 할 수 있어."

조르주 란은 어린 조각가가 자기 나무에 관한 이야기를 쓰고 있는 소설가와 이야기를 나누는 모습을 감격스러운 표정으로 바라보았다. 그는 나를 중심으로 하여 심오한 무언가가 그들 사이에 맺어지고 있음을 느꼈다. 그리고 거기서 일종의 감사와 자부

심을 느꼈다.

"이제 어떻게 하지?" 마농의 할머니가 차갑게 식어가고 있는 그로그 잔 위쪽 허공에 대고 한탄했다. "난 저 아이를 키울 처지가 안 되는데. 그리고 저 아이 부모는 유산이라곤 단 한 푼도 남겨놓지 않았어. 단 한 푼도……"

"저도 좀 읽어봐도 되나요?" 현실적인 얘기는 더 이상 듣고 싶지 않았던 마농이 물었다.

"다 끝내고 나면 보여줄게." 야니스가 대답했다. "지금은 그보다 더 급한 일이 있어서."

마농은 내 껍질 조각을 꽉 움켜쥐었다. 그녀가 볼 때, 물질적 문제들이 예술적인 것보다 우선시되도록 내버려둔다는 건 말도 안 되는 일이었다.

"소원은 어떻게 이루어지는 거예요?" 그녀는 야니스를 마음속으로 평가하면서 물었다. "공부를 열심히 해야만 이루어지는 건가요?"

"아니란다. 네게 그 일들이 일어나도록 해야 해." 그가 낮은 목소리로 대답했다. "난초가 말벌을 유인하듯이."

그녀는 미간에 인상을 쓰며 알아듣기 쉽게 설명해달라고 부탁했다.

"호주에는 어떤 품종의 난초가 있는데, 그 난초가 피우는 꽃에는 아무 곤충도 관심이 없었어. 그래서 이 난초는 수정하기 위해 한 가지 계략을 꾸며냈지. 말하자면 생식기관을 암컷 말벌의 형태로 만드는가 하면 그 냄새를 모방하기까지 했단다. 그러면 수컷 말벌은 사랑의 밀회를 위해 꽃으로 달려들어 교미를 하려고 애쓰는 거지. 수컷은 아무 성과 없이 다시 떠나지만 본의 아니게 온몸에 꽃가루를 묻히고, 자신도 모르는 사이에 다른 가짜 말벌들을 수정시키게 되는 거야."

마농은 미소를 지으며 볼 안쪽을 빨아들였다. 그녀는 우리가 처음 만난 날 내게서 떨어져 자기 팔 위에 내려앉았던 꽃을 떠올렸다. 그래, 사건들을 일으킬 거야. 내 꿈을 수정시키는 데 필요한 모든 사람을 속일 수 있을 만큼 강력한 유혹의 힘을 가진 여자들과 남자들을 나무로 만들어낼 거야.

야니스가 조르주 쪽으로 몸을 돌렸다. 이 사춘기 소녀에게 다시 삶의 의욕을 북돋워주었으니 이제는 자신의 일에 관한 어른의 의견이 필요했던 것이다.

"출판사 여자 사장이 제 소설의 가계약서에 서명하긴 했지만, 제가 어떤 긴급한 사안을 처리해주길 바라고 있어요. 이렇게 말하더라고요. '딱 맞춰서 오셨네요. 선생님은 생기기도 잘생기고 어디에나 어울리는 스타일이세요.'"

"그 긴급한 사안이라는 게 뭔데요?" 마농이 공격적으로 들리기까지 하는 어조로 물었다.

야니스는 그녀에게 신경 쓰지 않고 하던 이야기를 계속했다.

"사장이 제게 나이는 좀 있지만 매력적인 백만장자 여자를 소개해주더군요. 그 여자는 자식들에게 고소를 당한 상태라는데, 수영교사의 꼬임에 넘어가 산호초를 보존하는 데 전 재산을 쏟아부었기 때문이라네요. 그녀의 회고록을 써주면 어떻겠느냐는 제의를 받았습니다."

"수락할 건가?"

"계약금 이만 유로에, 집필을 하는 동안 인도양에 있는 그녀의 섬에 머무르고, 필요한 비용은 모두 대주겠다는 조건이었습니다."

"시간이 오래 걸리겠구먼." 란 박사는 그를 다시는 못 볼 거라는 슬픈 예감에 한숨을 내쉬었다.

마농이 손가락으로 세차게 누르는 바람에 내 껍질이 반으로 쪼개졌다. 그녀는 호주머니에서 손을 빼내더니 그로그를 단숨에 마셔버렸다.

"케이크 좀 먹겠니?" 엘렌 란이 마농에게 물었다.

마농은 대답하지 않았다. 그녀의 눈은 이제 야니스를 보고 있지 않았다. 그녀는 입술을 꽉 깨문 채, 엄지손톱으로 오른쪽 손바닥 아래쪽을 후비면서 자기만의 침묵으로 빠져들었다.

시간을 거스르다
Le temps contraire

■

"나예요. 내 말 들려요? 묘지라는 말을 들어도 아무 생각도 안 나요? 나를 봐요. 내가 먹고 있는 이 배를 보란 말이에요. 제발…… 생각을 해봐요. 나를 내치지 마요. 구해주세요……"

목소리가 돌아왔다. 목소리의 억양에 즉시 이미지가 떠올랐다. 누더기를 걸친 서너 살 된 아이. 아이는 내 것과는 비교가 안 될 만큼 근사하게 생긴 배를 먹고 있었다. 이 기억은 나의 것이 아니다. 하지만 진짜라는 느낌이 들었다. 그런데 그것이 어디서 비롯된 것인지 전혀 알 수가 없었다.

"나라니까요!" 아이가 입 한가득 배를 문 채 계속 말했다. "나를 잊으면 안 돼요…… 자, 땅 속으로 돌아와요!"

마농의 부모가 땅에 묻힌 것 때문에 이 아이가 되살아난 것일까. 어쩌면 그들과 실제로 관계가 있는 아이인지도 모른다. 이웃 사람들의 자동차가 플라타너스에 부딪친 바로 그 순간부터 이 아이의 목소리가 들리기 시작했다. 처음으로 나는 인간들의 의지와는 반대로, 죽음의 욕망을 송신했다. 내가 이런 강박에 시달리게 된 것도 그 때문일까.

"나랑 같이 가요, 배나무. 그대로 내버려두고 나랑 같이 가요."

저항하려고 했지만 소용없었다. 나는 다시 정원에 뿌리를 내리고 있었다. 나의 삶이 거꾸로 돌아가더니 점점 그 속도가 빨라졌다. 란 박사가 다시 젊어지고, 어린 자크가 푹 고꾸라지고, 자클린이 구리 냄비 속에서 나를 잼으로 만들고, 바그너의 노래를 부르며 내게 이름을 붙여준다. 교수형에 처해진 사람들이 꿈틀거리고, 시인의 몸에서 피가 빠져나가고, 마녀가 불태워진다…… 나는 번개를 맞고, 키가 작아지고, 줄어들고, 사라진다…… 안 돼!

나는 온 힘을 다해 의식을 끌어모아 나를 결국은 다시 씨앗 속으로 데려가려는 이 가역적 변화를 멈춘다. 옛날로 다시 거슬러 올라가 살아남고 싶지는 않다.

나는 마농과 다시 접속하려고 애썼다. 됐다. 그녀가 다시 느껴진다. 그녀는 헛간에서 대패질을 하고 있다. 키도 많이 컸고 모습도 달라졌다. 그녀는 더 이상 내 나무로 작업하지 않는다. 그동안 나는 무엇이 된 걸까? 어디 있었을까? 마음을 가라앉히고, 나 자신을 그녀의 현재에 연결하고, 나의 조직 속으로 돌아가야 한다……

마농은 나를 완성하지 않았다. 지금 그녀가 작업하고 있는 것은 호두나무와 참나무였다…… 기술적인 실험을 하고, 스타일을 연구하기 위해서이다. 돌이킬 수 없는 실수를 저질러 나를 가지고 만드는 조각상을 망치고 싶지 않은 것이다. 그녀는 어느 교사에게 조언을 듣고, 연습해봐도 좋을 소재에 그대로 연습해보는 중이다.

됐다. 그녀의 머릿속에 내가 떠오른다. 그녀가 내 나무를 다시 집어들어 가지고 간다. 다시 나는 그녀의 손 안으로 돌아가고, 그녀의 손은 나를 연마하고 고치고 얼굴의 세부를 강조한다. 나는 아직 이렇다 하게 누군가처럼 보이지는 않는다. 그런데 그녀의 모습이 조금씩조금씩 그녀가 만들려 하는 작품처럼 바뀌어가고 있다. 조각상의 재료와 창조적 비전이 그녀의 몸이 갑작스레 겪고 있는 변화와 뒤섞인다. 그 때문에, 무엇이 그녀의 살에 속하는지, 무엇이 나의 섬유에 속하는지 더 이상 알 수가 없다. 그녀가 자신을 내게 투사하듯, 나도 그녀 안을 여행한다. 이주移住한 것이다. 나는 죽은 나무의 기억에서 빠져나와 살아 있는 조각이 되었다. 나는 이제 '피루스 코무니스'가 아니라 거대한 배나무다. 조금씩, 조금씩, 나의 미래가, 우리의 미래가 그려져 형태를 갖추었다.

"하지만 당신은 날 떠날 수 없어요! 내 말 들어보세요! 우리는 아주 오래전부터 함께했어요……"

목소리가 점점 더 멀어져갔다. 나는 여전히 마농과 함께 있었다. 옛날로 거슬러 올라간다니, 있을 수 없는 일이다.

"돌아와요, 제발…… 내 말 좀 들어봐요."

침묵이 이어졌다. 내가 이겼다. 그런데 내가 누구를 상대한 걸까, 알 수가 없다. 알고 싶지도 않다. 이제 나는 고통스러운 영혼들, 그 기생충 같은 존재들—그동안 이 존재들로부터 어떻게 나 자신을 지켜야 할지 알지 못했다—이 매달리는 고민상담소가 아니다. 그들의 이야기는 이제 나와 상관이 없다.

나를 바라보는 것은 오직 마농뿐이다.

예술가

L'artiste

■

나무들은 자신의 형태를 스스로 결정하지 않는다. 나무들은 유전적 조성 법칙에 따라 토양과 기후와 주변 환경과 인간의 손길에 적응한다. 그러나 나무들을 만들어내는 것 중에 그들의 감정은 포함돼 있지 않다.

마농은 자라나면서 그녀가 내 나무에 새겨놓은 여자와 점점 닮아갔다. 이 견본 조각, 이 혼합된 실체—그녀의 일부와 나의 일부가 섞인—가 그녀의 운명을 뒤흔들어놓았을 것이다. 하지만 내 사후의 삶이 그 결과인지 아니면 원인인지는 모르겠다.

어쨌든 야니스 카라스가 나에 관한 연구를 그만두고 정체불명의 아이가 더 이상 나를 귀찮게 하지 않게 된 이후로, 나는 사람들이 예술품이라고 부르는 것에 다시 영원히 붙박여 있게 되었다. 한편 마농은 트리스탕이라는 내 이름을 본따 자신의 가명을 트리스탄*이라고 지었다.

내가 그녀를 변화시킨 만큼 그녀도 나를 변화시켰을까? 그런 것 같다. 그녀가 자기 자신이라고 생각했던 모습으로 만들기 위해 내 몸에 끊임없이 작업에 작업을 거듭하는 동안, 우리는 촉각을 통해 감정을 교환했다. 그리고 그 결과, 내게서는 나무의 흔적이 사라졌다. 어찌 보면 그녀는 내게 인간의 형태를 부여함으로써 나를 인간화한 것이다. 성장과 수분, 광합성을 하도록 프로그래밍된 식물이 잎을 키우고 열매를 맺고 탄산가스를 가지고 산소를 만들어내는 역할만 할 때는 필요하지 않은 감수성을 가질 수 있도록 해준 것이다. 살아 있을 때의 삶에서는 나는 내 종種의 법칙에 따랐다. 그리고 이제는 어떤 스타일의 산물이 되었다. 나는 〈나무의 꿈〉이라고 불린다. 나는 트리스탄의 모습 중 하나다.

* '트리스탕'의 여성형 명사.

*

부모의 장례식이 끝나고 란 박사가 마농을 그녀의 할머니와 함께 받아들이자, 내게는 타오르는 불과 조각상들 사이의 푸근한 행복의 시절이 찾아왔다. 작품이 팔리기 시작한 뒤로 그녀는 타고난 재능을 서서히 발휘하기 시작했다. 조르주 란은 그녀가 미술대학에 다니도록 돈을 대주었고, 그녀의 성공은 노인의 말년에 활기를 불어넣었다. 어떻게 보면 자크에 대한 추억—결국은 비물질화된—이 마침내 희미해지면서 그는 아무런 가책 없이 마농에게 그 사랑을 주고, 그녀를 입양함으로써 아버지로서의 삶을 되찾았다고도 볼 수 있었다. 하지만 그 때문에 그의 생물학적 자식들은 그에게서 완전히 멀어졌다. 그는 슬퍼했다. 하지만 우리에게 아무것도 주지 않는 사람들에게 본의 아니게 아픔을 안겨준다 해서 괴로워해야 할 이유가 무엇인가. 아내의 전적인 동의하에 그는 트리스탄을 도와 새 삶을 시작할 수 있도록 해주었고, 그녀는 그들에게서 받은 신뢰와 사랑의 몇백 배를 되돌려주었다.

그녀가 파리에서 한 예술가 집단의 주택 무단점거를 지지하는 시위를 벌이던 어느 날 밤, 두 노인은 함께 벽난로 옆 텔레비전 앞에서 숨을 거두었다. 한 줄기 바람이 벽난로의 통풍 철판을 막으면서 내 장작들이 잠들어 있던 그들을 질식사시킨 것이다. 나는 이들의 죽음과 아무 관련이 없었다. 하지만 그것은 내가 그들에게 줄 수 있었던 가장 아름다운 마지막이었다.

짐작건대 그들은 즉시 저세상으로 떠나 어린 자크와 재회했으리라. 그들로부터 소식을 듣지는 못했다. 이제 나는 오직 살아 있는 존재들의 소식만 알 수 있다.

상심해서 묘지에서 돌아온 트리스탄은 장례가 치러지는 동안 상속자들이 비밀번호를 입력해야 하는 자물쇠를 대문에 새로 설치했음을 알게 되었다. 그들의 변호사는 란 박사의 심신이 허약해진 것을 악용해 마농이 입양된 거라며 공격했다. 그들은 그녀의 물건들을 길거리에 내놓였다. 짐 가방 세 개와 덮개 열 장, 바이스 한 개, 각종 연장들. 그리고 그녀가 유일하게 팔려고 하지 않았던 우리의 공동 작품 〈나무의 꿈〉도.

처마 밑에는 나의 장작 10스테르가 남았다. 하지만 이제 나는 불에 타버릴 내 나머지 부분에는 더 이상 관심이 없었다. 나는 트리스탄과 함께 떠났다. 그녀가 내게 세상 구경을 시켜줄거라고 믿었다. 그녀의 가슴속에 영원히 뿌리를 내릴 수 있다면 얼마나 좋을까.

환상은 유지된다. 그러나 그것은 텅 비어 있다.

*

물론 성공에는 대가가 따르는 법이다. 사용법, 반대 의견, 부작용. 내 조각가의 재능이 좋은 평판을 얻은 지금, 애호가들이 내게 부여한 가치는 어쩌면 내 자아의 확대와 무관하지 않을지도 모른다.

나는 내가 하나의 트리스탄인 게 자랑스럽다. 하지만 무엇보다도 만족스러운 것은 그녀다. 빼빼 마르고 등이 굽은 못생긴 외양 때문에 존재한다는 사실 자체만으로도 미안해할 정도였던 그녀는 구부정했던 등이 똑바로 펴지면서 날씬하고 아름다운 여성으로 변모했다. 모든 남자들이 그녀의 발밑에 엎드렸지만, 그녀는 눈길조차 주지 않았다. 그녀는 야니스의 충고에 따라 꽃가루를 퍼뜨리기 위해 수컷들을 속이는 난초처럼 행동했다.

작품이 전시되고 매스컴을 타고 판매가 되려면 화랑 주인과 경매인들이 힘을 써주어야만 했으므로, 그녀는 화랑 주인들과 경매인들에게 자신이 상대편의 정부라고 믿게 하여 이들 사이에 경쟁을 부추기고 경쟁심을 불러일으켰고, 이들은 그녀를 소유했다고 알려진 사람으로부터 그녀를 빼앗아오기 위해 그녀의 몸값—하지만 그녀는 그에 대한 대가를 치를 필요가 없었다—을 번갈아가며 올려놓았다.

그녀가 어떤 예술 애호가와 잠자리를 함께한다면, 그것은 자신의 작품이 유명 컬렉션에 들어가도록 하기 위해서였다. 마치 프랑스 페리고르 산 송로버섯 향이 배어들게 하여 중국 송로버섯의 가치를 올리기 위해 이 두 가지 버섯을 섞어 요리하듯이.

그러나 뭐니 뭐니 해도 그녀의 천재적 재능은 핵에너지 관련 다국적기업을 선택한 데서 발휘되었다. 핵발전소 사고가 아닌 다른 이미지로 변신하기 위해 고민하던 이 기업에게, 각 인종이 서로 다른 품종의 나무에 조각된 '인간과 나무'라는 전시회를 여는 게 어떻겠느냐고 제의하여 그들을 설득하는 데 성공한 것이다. 사막화로 인한 피해자들을 돕는다는 인도주의를 표방한 이 연작은 크리스티즈 경매를 통해 어마어마한 가격에 팔렸고, 트리스탄의 명성은 확고해졌다.

현대미술계에서 살아생전 주변의 냉소적 반응에 맞서 성공을 거둘 유일한 방법은 그 같은 반응을 자신에게 유리하게 이용하는 것이다. 얼마 동안은 영혼이 없는 인간인 척해야, 곧이어 자신의 영혼을 되찾을 수단을 손에 넣을 수 있었다. 그러지 않으면 순수성은 실패와 쓰라림 속에 화석화되어 송두리째 힘을 잃어버린다. 트리스탄은 사기와 이면공작, 유행의 독재에 대항할 유일한 속임수의 법칙, 게임의 규칙을 금세 이해했다. 사람이 높은 이상에 이끌리면 양심의 가책은 얼마든지 포기할 수 있는 것이다.

이제 그녀는 예술의 세계를 정복했다. 하지만 그렇다고 이 세계에 등을 돌린 건 아니었다. 그녀는 벌어들인 엄청난 돈을 투쟁하는 데 썼고, 원시림과 원시부족, 사라져가는 문화의 보존 같은 명분에 자신의 재능을 발휘하고 명성을 이용했다. 말이 없던 어린 소녀는 엄청난 달변가로 변신했다. 미팅과 전람회 개최파티, 기자회견과 정글 속에서의 항의 행진 등으로 정신없이 전세계 곳곳을 돌아다니다보니 그녀가 나를 생각하는 일은 차츰 드물어졌다. 그러자 시간이 빠르게 지나갔다.

인터뷰 중에 어렸을 적 얘기를 들려달라는 요구를 받자 그녀는 우리의 이야기를 했다. 그리하여 나는 느닷없이 망각에서 끄집어내어져 그녀의 마음속에서 형태를 갖추었다. 나는 내가 그녀 삶의 중심을 차지했던, 그 축복받은 시절에 다시 매달렸다. 그러나 그것도 잠깐, 그걸로 끝이었다.

그녀가 남아메리카 숲의 위험에 처한 나무들에 조각을 하고 있는 동안, 나는 몽파르나스에 있는 그녀의 아틀리에에 놓여 더는 여행할 수 없게 되었다. 더 이상 현실성을 갖지 못하게 된 것이다. 나는 그녀의 어린 시절을 증언할 뿐이었다. 나의 의식은 작은 입상 속에 용해되어 더는 깨어 있지 못했다. 어쩌면 내 시절은 다 지나가버렸는지도 모른다.

내게 구원을 청했으나, 이제는 예술품으로서의 내 삶에서 자취를 감춘 그 아이의 목소리가 그리워졌다. 이제는 그 무엇도 나를 필요로 하지 않는다. 그 무엇도 나를 앞으로 나아가게 하거나 뒤로 잡아끌지 않는다.

이대로 사라지게 될까 두렵다. 그렇다면 이게 바로 '인간화'되는 것일까? 죽음을 두려워하는 것이?

재회

Les retrouvailles

■

경매일이 되었을 때 나는 의식을 되찾았다. 나는 작품 보관 창고에서 끄집어내져 훨씬 최근의 작품들과 함께 경매에 부쳐졌다. 우리는 산림 파괴와 시추공*에 위협당하는 아마존 부족을 위해 사방으로 흩어질 것이다.

죽은 나무 조각 하나가 살아 있는 나무들을 구한다고 생각하면 기분이 좋았다. 하지만 그렇다 해서 버림받았다는 느낌이 들지 않는 건 아니었다. 트리스탄은 더 이상 나를 필요로 하지 않았

---

* 지질 조사나 탐사를 위해 뚫은 구멍.

다. 그러나 그녀는 자신의 가장 소중한 추억을 그녀가 보기에 가장 절망스러운 대의를 위해 제공한 것이었다. 몇 안 되는 아메리카 원주민들이 석유회사에 맞서 이길 확률이 과연 얼마나 될까? 그건 숭고하지만 슬픈 일이었다. 그녀는 희생을 통해 영광을 얻었다고 느꼈을지 모르지만, 희생당한 물체는 오직 괴로움—그녀는 느끼지 못하는 듯 보이는—만 느낄 뿐이었다.

사람들로 발 디딜 틈이 없는 경매장. 경매인이 경매가 시작되었음을 알렸다. 그리고 바로 그곳에서 나는 어쩌면 사후의 새로운 삶이 나를 위해 시작될지도 모른다는 것을 깨달았다.

나를 잊었던 게 틀림없는 사람이 네번째 줄에 앉아 있었다. 야니스 카라스였다. 십오 년이 지났는데도 그는 여전히 준수한 용모를 유지하고 있다. 그의 의자로 집중되는 여성들의 떨림에서 느낄 수 있었다. 그러나 그에게서는 새로운 느낌이 발산되고 있다. 환멸, 권태, 짜증, 깊은 슬픔…… 지하철 안에서 내가 판매된다는 광고를 본 순간, 나 때문에 불현듯 생겨난 향수에 의해 증폭된 감정들이었다.

"……이제 9번으로 넘어가겠습니다. 예술가의 개인 소장으로, 묵직한 배나무에 조각된 여성 입상입니다. 〈나무의 꿈〉은 트리스탄이 청소년기에 만든 첫 작품으로, 이미 그때 작가의 기량은 최고에 달해 있었지요. 이 주목할 만한 작업을 하던 당시 이 나무는 아직 살아 있었고, 나무가 당한 자연재해에 의해 작품은 한층 더 발전된 신구상파적인 차이점을 지니게 되었습니다. 일만 유로부터 시작하겠습니다. 오른쪽에 앉아 계신 숙녀 분께서 일만 오천 유로…… 회색 양복을 입으신 신사 분께서 이만 유로…… 제 왼쪽에 계신 분이 이만 오천 유로…… 전화를 주신 분이 삼만 유로입니다. 신사 분?"

경매가 어떻게 진행되어가나 보려고 트리스탄이 문틈으로 얼굴을 살짝 내밀었다. 야니스는 소스라치게 놀랐다. 알은척을 할지 말지 그는 망설였다. 이제 키가 후리후리하게 자랐고 머리칼은 버드나무 가지를 떠올리게 하는 이 여인에게서, 부모를 잃은 어린 소녀를 떠올리게 하는 그 무엇이 아직까지 사라지지 않고 남아 있을까? 그녀는 경매에 참여한 이들의 얼굴들을 무관심해 보이는 눈길로 바라보며 왼손 엄지손톱으로 오른손 손바닥을 후벼팠다. 사냥복을 입은 그 조각 같은 아름다움 속에서 유일하게 야니스에게 무언가를 상기시켜주는 것은 이 이 불안한 집중의 동작뿐이었다.

"회색 양복을 입은 신사 분께서 삼만 오천 유로를 부르셨습니다. 전화로 응찰하신 분, 사만 유로 부르셨네요."

그녀의 시선이 그의 시선과 마주쳤다. 그녀는 꿈쩍하지 않았다. 그녀는 그를 즉시 알아보았다.

"안경 쓰신 숙녀 분이 사만 오천 유로 부르셨습니다."

그는 망설였다. 그녀가 그를 보고 미소 지었다. 그도 손을 들어 그녀에게 인사를 하고, 경매중개인은 그걸 보고 그가 경매에 응하는 걸로 오해했다. 그녀도 그랬다.

"벨벳 양복을 입으신 신사 분께서 오만 유로 부르셨습니다."

나는 인간들이 '첫눈에 반한다'라고 부르는 화학적 효과를 느꼈다. 두 사람이 똑같은 반응을 보인 건 아니었다. 그의 경우에는 놀라움과 시각적 감동이 호르몬성 스트레스를 일으켰다. 반면 그녀의 경우에는 아물었던 상처가 소스라치며 다시 벌어졌다. 허리가 구부정하고 못생겼고 일절 말이 없던 소녀시절, 그녀는 이 숲의 작가를 남몰래 좋아했었다. 하지만 그는 사라져, 나무와는 더 이상 관련이 없는 프로젝트를 시작했다. 그리고 나의 조각가는 처음으로 남자들의 관심을 받으면서 그를 잊었다.

"벨벳 양복을 입은 신사 분께 낙찰되었습니다."

망치 소리가 들리자 야니스는 소스라쳤다. 사람들이 축하한다는 표정으로 그를 보았다. 그러자 그는 자기가 벨벳 양복을 입고 있으며, 오만 유로라는 가격으로 내가 그의 삶 속에 방금 돌아왔음을 깨달았다. 깜짝 놀라 불쑥 일어난 그는 오해를 풀기 위해 사람들 사이를 헤치고 가려 했지만, 트리스탄은 이미 그의 앞에 와 있었다.

"야니크? 당신인 줄 알았어요."

나의 조각가가 그의 팔꿈치 위에 손을 얹었다. 그러나 그는 자신의 이름이 야니크가 아니라 야니스라는 말조차 하지 않았다. 사실 그녀는 한편으로는 스스로 자랑스러웠지만, 다른 한편으로는 수줍어서 일부러 그의 이름을 틀리게 말한 것이다. 열세 살 때부터 그를 연모해왔다는 사실을 그가 눈치채다니, 안 될 일이었다.

"브라보." 그를 경매장 한구석으로 데려가며 그녀가 말했다. "아마존 숲에 대해서도 감사드려요. 당신이 숲의 가치를 크게 높여줬어요. 내 생각엔 책이 많이 팔린 모양이네요."

야니스는 겸손의 의미로 입을 삐죽거리며 대답을 대신했다. 잔고가 삼천 유로도 안 되는 은행계좌가 그의 머릿속에 떠올랐다. 그들 주위에서는 경매가 계속 진행되고 있었다. 트리스탄의 작품 여섯 점이 야니스가 부른 것보다 훨씬 더 높은 가격에 팔려나갔다. 야니스는 충격 속에서 잠시나마 안도의 착각에 빠졌다.

사람들이 청구서를 기다리고 있는 접수대 앞에서 그녀는 점심때 시간이 괜찮은지 그에게 물었다. 그는 수수료가 붙어 더 높아진 액수를 알려주는 직원의 목소리에 귀를 기울이느라 어렵다고 대답했다. 그녀는 실망감을 예의바른 담담함 뒤에 감추며 끈질기게 물었다.

"그럼 다른 날은 어때요? 전화할까요?"

"그래. 아니, 원한다면 오늘……"

"방금 선약이 있다고 그랬잖아요?"

"그래." 몇 주 전부터 원룸에서 홀로 국수로 끼니를 때워온 야니스가 대답했다. "그래도 시간을 내보지 뭐. 이렇게 다시 만나다니 정말 반가운걸."

그녀는 눈부신 미소가 절로 피어나도록 내버려두었다가 불현듯 원래의 표정으로 돌아갔다. 하지만 이미 늦었다. 그가 그녀의 표정을 본 것이다. 감정을 가지고 숨바꼭질해봤자 쓸모없는 일이었다. 그는 짐짓 초연한 표정으로 수표를 건넨 다음, 그녀를 가까운 고급 식당으로 데려갔다. 신용대출을 받을 수 있을 테니…… 그는 조금 있다가 은행에 들러 경매로 산 조각상이 다시 팔릴 때까지 단기 융자를 받을 수 있는지 알아보기로 했다.

나는 내가 경매번호 9번으로 계속 남아 있게 될 줄 알았다. 하지만 지금은 그들과 함께 인도人道를 지나 식당 정원에 와 있다.

"그동안 어떻게 지냈어요? 그녀가 냅킨을 펼치면서 물었다. "난 당신을 기다렸어요. 당신은요?

"난 아냐. 잘난 척하려고 그러는 게 아니라, 넌 내 머릿속에서 완전히 지워졌었어. 그런데 왠지 내가 잘못했다는 생각이 드네."

"당신의 솔직함이 부럽네요."

"그러지 마. 난 줄곧 거짓말만 해온걸. 하지만 지금은 진지해."

"그런데…… 배고파요?"

"왜? 그래 보여?"

몇 분 뒤, 그들은 위층에 있는 방에서 사랑을 나누었다. 그리고 그들의 육체가 결합하자 문득 내가 존재하고 있다는 느낌이 두 배 더 강해졌다.

*

이런 일이 내게 일어나다니, 예상치도 못했다. 마치 그들이 맺고 있는 관계의 밀도가 나를 입상 받침대에서 해방시켜주기라도 한 것 같았다. 그후로 나는 나의 나무에 얽매어 있다기보다는 그들의 육체에 속해 있는 것처럼 느끼기 시작했다. 무척이나 유쾌한 일이었다.

그들은 서른여섯 시간을 시트 아래 머무르며 사랑을 나누고, 중간중간 쉬는 시간에는 나로 인해 제기된 문제들을 해결하는 데 전념했다. 트리스탄은 야니스가 낙찰 받은 매물을 살 능력이 없음을 경매장에서 이미 눈치 챘다. 하지만 이런 사소한 일로 그들의 재회를 망칠 생각은 없었다. 차례로 해결하면 될 일이었다.

"네, 디미트리, 전화해줘서 고마워요. 아니에요, 경매는 잘됐어요. 그런데 기분이 좀 안 좋아요. 〈나무의 꿈〉은 팔지 말았어야 했어요. 내 배나무에서 남은 건 그것뿐인데…… 당신 말이 옳아요. 그 나무에 관한 영화를 만들어야 해요. 게다가 등장인물도 다들 쟁쟁하잖아요. 루이 15세, 발자크, 나폴레옹 2세, 드레퓌스 대위, 파블로 피카소…… 나도 물론 찬성이에요. 꼭 원하신다면 내가 내 역할을 연기할게요. 어쨌거나 능력 있는 시나리오작가를 구했어요. 야니스 카라스라고, 이미 『프랑스의 주목할 만한 나무들』이라는 책으로 배나무에 관해 탁월한 글을 썼답니다. 그도 동의했어요. 내가 당신을 대신해서 십만 유로를 지불하기로 협상했고요. 계약서에 사인할 때 오만 유로, 촬영 첫날 나머지 오만 유로를 주기로…… 내게 고마워하실 거 없어요. 그 사람은 두 배를 줘도 안 아까운 사람이에요. 하지만 나한테는 꼼짝 못 한답니다. 당신처럼요. 내일 전화해서 마무리 짓기로 해요. 잘 자요."

그녀는 수화기를 내려놓은 다음 미니바에서 꺼내 시트 사이에 넣어둔 캐슈넛을 포크로 찍어들었다. 내가 그처럼 대중적인 관점에서 소개된다니, 좀 놀라웠다. 그 유명인사들 중에서 내가 만나본 건 오로지 알프레드 드레퓌스뿐이다. 나를 실제로 소유했던 이들의 명단에는 기껏 해봤자 발자크의 작품을 찍은 인쇄업자의 딸이라든가, 나폴레옹 3세가 개통식에 참석해 자리를 빛낸 철도 노선의 책임자, 그리고 피카소의 정부들 중 하나의 조카 정도뿐이었다. 부동산의 역사적 가치를 높이고자 할 때 부동산업자들이 동원할 수 있는 모든 수단을 동원하는 거나 다름없는 일이었다.

트리스탄은 몸을 둥글게 하여 야니스를 휘감아 안고, 시트 밑에서 발기한 야니스는 겨우 이렇게 묻는다.

"누구야? 제작자야?"

"그래요. 러시아 사람이에요…… 나를 수집품 정도로 생각하는 사람이죠. 엄청난 부자고, 영화를 만들고 싶어해요. 그런데 마침 당신이 운 좋게 나타난 거예요."

"미쳤군…… 난 영화 시나리오는 한 번도 써본 적이 없어!"

"그거야 제작 들어갈 때까지는 시간이 있으니 지금부터 배우면 되죠. 급한 건 당신 통장의 적자를 메우는 거예요. 당신이 조각상 값을 지불할 수 있으면 좋겠어요. 그걸 만든 작가를 소유한 걸로 충분하다는 말은 하지 말아요. 그런데 좀 따분해지네요……"

그녀는 그의 입을 자신의 입으로 틀어막으며 그의 몸에 올라탔다. 내 오랜 친구 마농의 희열은 놀라울 정도로 쉽게 전파되었다. 사랑을 나누면서 주도권을 행사하는 것도 그녀였고, 스스로에게 허락하는 쾌감의 순간과 체위, 지속 시간, 스타일을 선택하는 것도 그녀였다. 그녀는 자신을 내맡기지 않았다. 자신이 책임을 지고, 방향을 바꿨다.

야니스도 그걸 좋아하는 듯 보였다. 그러나 그는 여자들에 대해 훤히 알고 있었기 때문에 그녀가 과시하는 자신감에 속아 넘어가지 않았다. 그는 그녀가 주도권을 계속 쥐고 있다는 느낌이 들 때만 마음을 터놓는다는 사실을 잘 알고 있었다. 하지만 그녀의 어린 시절에 얽힌 비밀은 알지 못했다. 그 사실을 아는 건 오직 나뿐이었다. 그래서 그는 그녀라는 지배자에게 복종하는 척했다.

"내가 당신한테 처음으로 한 말 기억나요?" 그녀는 허벅지로 그를 꼼짝 못 하게 조이면서 물었다.

"그래. 네 부모님 장례식 때 내가 삽을 건네줬더니 '감사합니다'라고 했지."

"같은 말을 되풀이하고 싶진 않지만, 그 말은 여전히 유효해요. 사실 장례식 전날 난 당신을 생각하며 내 몸을 처음으로 애무했거든요. 당신은 자신이 어떤 점에서 날 도와줬는지 앞으로도 영영 모를 거예요, 야니스."

그는 심각한 표정으로 그녀의 얼굴을 뚫어지게 쳐다보았다.

"우리가 함께 시나리오를 썼으면 좋겠어?"

"벌써 내 몸에 싫증이 난 거예요?"

"이건 회피가 아냐. 욕망이 더 증폭된 거지. 그런 게 분명해. 나랑 같이 쓸까?"

대답 대신 그녀는 그에게 성적 쾌락을 안겨준 다음, 자신의 몸을 그의 몸에 바짝 갖다댄 채 왜 나무에 관한 글을 포기했느냐고 물었다.

"난 포기하지 않았어…… 단지 어떤 백만장자 여자의 회고록을 쓰기로 서명을 했는데, 그것 때문에 세무조사를 받으면……"

"그 여자가 세무당국에 신고를 안 하고 현금으로 지불한 거예요?"

"그 여자는 받은 인세를 산호초 보호에 썼지. 그래서 나도 그래야 한다고 생각했어. 하지만 세무당국에 신고를 해야 한다는 사실은 몰랐지. 그 바람에 내가 받지도 않은 금액을 기준으로 해서 신고세액을 수정 받은 거야. 그래서 연체 가산세를 내기 위해 출판사에서 요구하는 대로 책을 써야 했고. 기차에 관한 책, 비행기에 관한 책, 대성당에 관한 책, 크레이지 호스에 관한 책, 비르산 소시지에 관한 책……"

"그런 상황에서 우리가 운 좋게 다시 만난 거군요"

"네가 나를 우리 배나무에게 되돌려주기 위해?"

그녀가 불쑥 몸을 일으켰다.

"우리, 재미있는 일 하나 해볼래요? 당신, 그동안 한 번도 거기

가보지 않았을 거예요. 나도 마찬가지예요. 자, 가자고요!"

"기다려. 지금은 새벽 두시라고……"

"그래서 가자는 거예요."

돌아옴
Le retour

■

나는 이끼와 곰팡이, 그리고 유해한 인간 감정에 피해를 입지 않고 생명력으로 충만한, 아직 젊은 나무다. 새로운 여자가 나를 돌보고 있다. 그녀의 이름은 자네트다. 그녀는 나의 배들을 수확하고, 달의 위치에 맞춰 꼼꼼하게 의식을 치른 다음 내 몸통 아래에서 주파구스 버섯을 딴다. 그녀는 이 버섯에 말벌의 독과 두꺼비 조각들, 각종 식물, 아름다운 선율의 주문을 섞어 탕약을 만든다. 많은 사람들이 그녀의 초가집에 와서 어떤 병에 시달리고 있는지 털어놓는다. 그렇게 하면 마음이 편안해지는 모양이었다.

그러던 어느 날, 그녀가 나력*을 치료해준 적이 있는 인근 성의 성주 아들이 그녀의 열두 살 딸을 움푹한 길에 쓰러뜨려놓고 강제로 범했다. 자네트는 후작을 찾아가 항의했다. 그러자 후작은 자네트가 그의 후계자에게 사랑의 미약을 먹였다고 비난했고, 치료사는 마법을 썼다는 혐의로 즉시 고발당했다. 후작의 환심을 사기 위한 위증이 쇄도했다. 더 이상 아무도 그녀로부터 치료를 받지 않자 환자와 죽는 사람이 늘어났다. 그러자 사람들은 이 모든 것을 그녀의 탓으로 돌리며 그녀가 주문을 걸어 악마를 불러왔다고 비난을 쏟아부었다. 한 갓난아기의 죽음이 화약에 불을 붙인 격이 되었다. 동네사람들은 모두 초가집으로 몰려갔고, 그녀를 붙잡아 나의 죽은 나무로 불태워 죽였다. 그 전 해 봄, 포식식물인 버섯이 없어지자 선충류가 내 뿌리 하나를 먹어치우는 바람에, 온몸에 수분이 돌지 않아 어쩔 수 없이 스스로 말려 죽여야 했던 뒤쪽 잔가지였다.

자네트는 내가 안식처를 제공해야 했던 최초의 영혼이었다. 공포와 격분, 불신에 사로잡힌 그녀는 곧장 자신을 불태운 장작을 제공한 내게로 왔다. 야니스가 도道 고문서보관실에서 이 사건을 발견하기 전까지, 아무도 그녀를 자유롭게 해달라고 기도

* 결핵성 목 림프선염.

해준 사람은 없었다. 최초로 내 안에 무단 입주했던 자네트는 야니스의 관심과 연민 덕분에 내 몸으로부터 즉시 해방되었고, 그녀는 내가 접근할 수 없는 저세상에서 자신의 딸, 혹은 나도 모르는 그 누군가를 다시 만날 수 있게 되었다.

"끔찍한 이야기로군요." 트리스탄이 지프차 핸들을 움켜잡으며 말했다.

"우리 나무 주변에서 죽어간 사람들이 많았지." 야니스가 마녀로 몰린 치료사의 비극을 이야기할 때처럼 활기에 가득 차 즐거운 표정으로 대답했다. "멋진 시퀀스가 될 것 같지 않아? 영화 시작하기 전에 나오는 자막에 넣으면 좋을 것 같아. 배나무가 어떻게 살아왔는지 사람들이 잘 알 수 있도록."

"도입부에는 차라리 배나무 아래에서 사랑을 나누는 장면을 넣지 않을래요? 내게는 그 배나무는 죽음의 도구가 아니라 생명의 나무예요."

"그것도 괜찮겠는데."

그는 나의 내력을 대신한 학살들에 대해서는 더 언급하지 않았다. 나에 대해 연구하러 와서 이따금 그 어린 소녀를 만났을 때, 그는 그녀에게 나와 관련된 평범한 일화와 그 나이 또래의 아이들에게 맞는 동화나 전설만 들려주었다. 그러나 지금 중요한 것은 그림이 되는 영화를 만드는 일이다. 내 삶을 점철한 드라마

틱한 사건들에서 이제 막 그 존재이유가, 즉 상업적 논거가 발견되었다. 그러나 그로 인해 내 고통이 덜어질 거라고는 생각지 않는다.

그들은 침묵 속에서 나의 정원을 향해 여름밤을 달렸다. 란 박사의 상속자들이 트리스탄을 내쫓은 후로 나는 한 번도 그곳에 돌아가지 않았다. 내 뿌리와 장작들이 부르짖는 소리는 나와 늘 연결되어 있었던 트리스탄의 창작 에너지보다 약했던 것이리라. 그리고 그녀가 나를 잊었을 때조차, 내겐 그녀의 기억을 대체할 것이 전혀 존재하지 않았다.

그녀는 부모가 살던 집 앞에 자동차를 세웠다. 보름달이 떠 있었다. 교교한 달빛…… 덧문 색깔을 제외한 모든 것이 그녀의 악몽과 일치했다. 반대로 나의 초가집은 그들의 추억과는 더 이상 공통점이 없었다. 새로운 거주자들은 사방을 넓히고, 집 옆에 탑을 세우고, 지붕을 새로 높이 올리고, 창살이 달린 창문 대신 통유리를 끼웠다. 수백 년 된 작은 시골 성을 벼락부자의 가짜 성으로 만들어버린 것이다. 이졸드는 네 개의 철제 지주로 떠받쳐져, 아이들을 위한 멋진 오두막집의 버팀대로 쓰이고 있었다. 돌로 마감한 벽들, 창틀, 둥근 초가지붕. 부모들이 사는 집의 축소판이라 할 수 있었다.

우체통에는 낯선 이름이 새겨져 있었다. 우편물이 넘쳐 우체통 밖으로 삐져나와 있는 걸 보니 주인들이 바캉스를 떠난 게 틀림없었고, 건물관리인은 아예 존재하지 않는 듯했다. 트리스탄은 야니스의 손을 꽉 쥐었다. 그는 그녀가 지금 무슨 생각을 하고 있는지 금세 알아차렸다. 그도 그녀와 같은 생각이었다. 오래전, 자신에게 은혜를 베풀어주었던 란 박사의 가족들이 그녀의 소지품을 내놓았던 대문을 트리스탄은 다람쥐처럼 날렵하게 기어올라갔다. 야니스도 조금은 익숙지 않은 몸짓으로 그녀를 따라 대문을 올랐다. 그녀와 달리 그는 남아메리카의 처녀림을 탐험한 적이 없었다.

그들이 잔디밭에 뛰어내리자 정원 조명이 자동으로 켜졌다. 하지만 경보장치는 울리지 않았다. 집 안에만 설치해둔 모양이었다.

나는 그들의 눈을 통해 이졸드를 보았다. 그래서인지 바로 알아보기가 쉽지 않았다. 그녀는 근사했다. 새로이 균형이 잡히고, 주변과 조화를 이루고, 다시 젊어져 있었다. 삼십 년 전 자신의 절반을 잃었던 나무라고는 믿기 힘들었다. 그루터기에서 돋아났던 어린 움은 단단한 가지가 되어 철탑에 기대어져 있었다. 가지 끝에 돋은 잎들까지 싱싱했다. 하지만 겸허해지도록 하자. 그녀에게 득이 된 것은 나의 부재만이 아니었다. 아이들의 오두막집을 책임진다는 것, 그녀에게 그것은 저 옛날 텔레비전 안테나를 달고 있었던 것보다 훨씬 큰 만족을 안겨주는 일이었다.

반대로 나는 소멸에 가까워지고 있다. 참나무와 너도밤나무, 숯이 처마 밑에 가득 쌓여 있지만, 내 장작은 이제 겨우 세 개밖에 남지 않았다.

이렇게 될 때까지 대체 어떻게 해서 아무것도 느끼지 못했을까? 도대체 왜 그 어떤 불도 내가 새 주인들과 함께 살도록 나를 이곳에 다시 부르지 않았을까? 이곳에 이사 온 사람들은 나에 대해 아무것도 모르는 게 틀림없었다. 그들은 빈 집을 샀다. 란 박사의 상속자들은 아버지가 보호하던 소녀를 내쫓았듯 나에 관해 기록한 문서와 사진들도 내다 버렸으리라.

트리스탄은 솔방울이 들어 있는 종이상자 아래 놓인 내 장작들을 도발과 슬픔이 뒤섞인 시선으로 뚫어지게 바라보았다.

"먼저 소설을 써야겠어요, 야니스."

"나더러 소설을 쓰라고?"

"디미트리가 주는 수표를 받고 그에게 영화 시놉시스를 써줘요. 하지만 그와 동시에 진짜 책을 써요. 당신이 마음속에 간직하고 있는 책, 내가 십오 년 전부터 기다리고 있는 책을. 그렇게 하면 영화는 더 큰 중요성을 갖게 될 거예요. 그러고 나서……"

그녀가 말을 멈추고 입술을 오므렸다.

"그러고 나서?"

그녀는 소스라치듯 나의 마지막 잔해로부터 몸을 돌렸다.

“사랑해요, 야니스. 하지만 당신도 잘 아시다시피 우리 이야기는 둘의 이야기가 아니라 셋의 이야기예요. 우리의 나무를 되살려줘요.”

야니스는 좀 난처한 표정으로 이졸드를 곁눈질했다. 그녀는 그의 시선을 따라가더니 거기에 무슨 뜻이 담겨 있는지 알아차렸다.

“이졸드가 질투할까봐 그러는 거예요?”

“이졸드로서는 충분히 질투할 만하지. 트리스탕이 죽었을 때 이졸드도 분류되도록 노력해야만 했어. 늘 무시당하기만 했는데……”

“맞아요. 이제 바로잡을 때가 된 것 같아요.”

그녀는 입가에 미소를 띤 채 그를 데려가더니 이졸드의 몸통에 고정되어 있는 철제 사다리 앞에 멈춰 선다.

“내가 의혹을 떨쳐버릴 수 있게 해줘.” 그가 불안과 유혹 사이에서 망설이며 중얼거리듯 말했다.

“그래요. 내가 그 의혹을 씻어내줄게요.”

그녀는 사다리의 단을 움켜잡더니 고양이처럼 날렵하게 기어올라가 작은 문을 밀었다. 그들은 작은 의자와 작은 책상, 작은 침대를 밀어내며 엉금엉금 기어 백설공주의 초가집 안으로 들어갔다. 그리고 이 어린 왕들의 세계에서 그들은 거인들처럼 사랑을 나눴다. 그들의 발과 팔, 머리, 그리고 쾌락이 장식품을 뒤집고, 짚에 구멍을 내고, 분재가 놓여 있는 창문을 부수고, 전자레인지, 소꿉장난 기구들, 게임용 콘솔, 휴대용 텔레비전을 엎어버렸다.

그러나 그들의 섹스는 유희가 아니었다. 트리스탄은 갑자기 심각해져 괴로워하면서 섹스에 집중했다. 이제 그녀가 느끼는 전율은 야니스가 이틀 전부터 어찌할 바를 모르며 감미롭게 빠져든 에로틱한 유희가 아니었다. 트리스탄의 내면에 이 같은 난폭함이 존재하고 있음을 내가 알아차린 것은 그녀가 꽁꽁 언 흙을 삽으로 퍼서 아버지의 관에 던졌을 때였다. 야니스는 불안해지고 조마조마해졌다. 그는 그 사실을 알아보지 못했다. 그는 심적 동요와 몰이해로 인해 산산조각 난 자신의 욕망을 유지하기 위해 침착하게 싸웠다. 그녀 역시 지금 자신에게 무슨 일이 일어나고 있는지 알지 못했다. 그래서 그처럼 억누를 수 없을 정도로 격렬해진 것이었다.

하지만, 나는 알고 있었다. 비록 삼백 년 동안 옆에서 살아온 내 동족으로부터는 아무런 정보도 얻지 못했지만, 나는 트리스탄의 육체와는 긴밀하게 연결되어 있었다. 마치 내가 그녀의 세포를 흥분시켜 이 엄청난 활동에 기여하듯이. 그것은 봄이 내게 촉발시켰던 것과 비슷한, 화학적 혁명과도 같은 변화였다.

트리스탄은 자제력을 완전히 잃고 소리를 지르고, 두드리고, 증오를 표출하며 울부짖었다. 그녀 안에서 무언가가 밀고 올라와 막혀 있던 것들을 폭발시켰다. 마치 내가 겨울을 나기 위해 체관을 막아놓았던 육상체肉狀體를 무기질로 다시 없애버리듯이. 그녀는 스스로를 해방시키고 다시 프로그래밍했다. 새로운 삶을 마음속에 받아들이기 위해, 아무도 모르는 어린 시절의 공포를 몰아냈다. 단속적인 움직임으로 그들을 둘러싼 주위의 미니어처 장식을 망가뜨리면서, 그녀는 자신의 내면을 회복하고 있었다.

*

그들은 떠나야 했다. 이제 나는 더 이상 내 집에 있는 게 아니었다. 나는 여기 속해 있지 않았다. 더 이상 나의 뿌리와 나의 장작, 나의 종種과 연결되어 있지 않았다. 나는 트리스탄과 야니스가 어서 빨리 나를 다시 중립적인 장소로 데려가기를, 그들이 우리의 추억을 왜곡시키는 이 변질된 현재와 나를 겹쳐 생각하지 않기를 바랐다.

그들은 떠나야 했다. 안 그러면 나는 계속 여기 있어야만 했고,

나는 그게 두려웠다. 또다시 나를 필요로 하고 다시 과거로 데려가려는 그 힘에 붙잡힐까 두려웠다.

아이의 목소리는 다시 들리지 않았다. 하지만 이미지가 다시 보이기 시작했다. 이제 그들은 둘이다. 남자아이와 여자아이가 배를 먹으며 낯선 골목길에서 놀다가 어머니의 팔에 매달린다. 그들은 짚을 넣은 헛간의 매트 위에서 고통으로 온몸을 뒤틀어댄다.

그리고 더 이상 아무것도 보이지 않았다. 숲 위로 동이 터오고 있었다. 트리스탄은 살아남은 나의 장작 세 개를 처마 밑에서 가져와 문 밖으로 집어던진 다음 문을 기어오른다. 야니스는 지갑에 남은 마지막 지폐를 꺼내 우체통 속에 넣었다. 이것저것 망가뜨리고 나무까지 가져가는 데 대한 값이다. 그녀는 그 행동이 좋았다. 그녀는 그의 품에 안겨 울음을 터뜨렸다. 그는 있는 힘껏 그녀를 껴안았다. 그들은 자신들에게 일어난 일을 이해하지 못하고 있었다. 쾌락의 자리를 대신하고, 자신에 대한 불확실 속에서 그들을 숨 막히게 하던 이 억압된 증오의 악몽이 무엇인지 이해하지 못하고 있었다. 다시 만나던 첫 순간, 그들은 삶의 흐름을 바꿔놓은 확신 안에서 서로 사랑에 빠졌다. 하지만 이제 그들은 의심을 느끼기 시작했다. 자신들이 지표 없는 사거리에 와 있다고 느꼈다. "장작을 가져오길 잘했어." 그는 이성과 조화, 그리고 현실성이 그들 사이에 다시 자리 잡게 하기 위해 말을 꺼냈다.

그녀가 그의 품에서 빠져나오며 대답했다.

"나무에 관한 책을 써요. 내가 그 책을 제본해줄 테니까."

글쓰기

L'écriture

■

그들은 트리스탄의 아틀리에에 자리 잡았다. 엄청나게 널찍한 오래된 온실 같은 그곳은 몽파르나스 가에 있는 한 건물의 맨 위층에 있었다.

야니스는 그의 유일한 재산이 된 내 작은 조각상의 보호하에 작업하면서, 내가 톱질과 끌질의 리듬으로 백지 위에서 이야기할 수 있게 해주었다. 옆방에서는 트리스탄이 내 나무로 쪽매붙임 세공을 하여 소설 한정판을 제본하고 있었다. 그녀는 연인이 자신의 조각상을 낙찰 받는 바람에 생긴 적자를 메워주기 위해 배나무로 장정한 한정판 스무 권을 이미 예약 판매했다. 이 문제에 관한 한 그녀는 가벼운 마음으로 떠날 수 있을 것이다. 그가 배를 곯는 일은 없을 것이고, 그녀가 열쇠를 넘겨준 이 아틀리에에서 그는 상황을 관망하면서 평화로운 마음으로 작업을 할 수 있을 터였다.

마음 아픈 일이지만, 그녀로서는 선택의 여지가 없었다. 자신의 인생에 닥친 이 중대한 위기에 달리 어떻게 대처한단 말인가? 그녀는 야니스가 부성父性을 필요로 하지도, 원치도 않는다는 사실을 너무나 잘 알고 있었다. 그가 어떻게 태어났는지, 그가 어떤 사랑을 해왔는지를 보면, 그에게 직접 들을 필요조차 없었으며, '테스트'에 대한 그의 반응은 확실했다. "만일 내가 임신하면 어떻게 할 거예요?" "콘돔을 만든 뒤렉스 사에 소송을 걸어야지. 그런데 왜?" 그는 유머를 발휘한다는 듯 그렇게 대답했다. 그러나 그녀가 그 말에서 느낀 것은 경고에 가까운 솔직함과 진지함이었다. 그래서 그녀는 하마터면 변호사를 고용하라고 대꾸할 뻔했다.

트리스탄은 아무 말도 하지 않고 혼자 결정했다. 공식적으로 그녀는 석유회사와 싸우고 있는 아마존 부족을 돕기 위해 가는 걸로 되어 있었다. 하지만 사실은 그들 두 사람 사이에서는 제자리를 갖지 못할 아이를 몰래 낳으러 가는 것이었다. 억지로 가족이라는 사회적 기본 단위를 만들고, 하나가 되었다는 환상을 가지고, 사회적으로 위선적인 모습을 보인다는 건 안 될 일이었다. 잠재우는 데 그토록 오랜 시간이 걸렸던 불안과 공포를 다시 일깨우는 것 역시 말도 안 되는 일이었다. 배 속에 있는 아기의 존재를 이미 너무 많이 느낀 터라 낙태를 결심할 수도 없었다. 아이를 혼자 키우겠다는 선택을 할 수도 있었을 것이다. 하지만 아이를 충분히 사랑하지 않을까봐, 혹은 너무 사랑할까봐, 아니면 잘못 사랑할까봐 그녀는 결심했다. 아이가 부모를 갖지 않도록 하겠다고. 어쨌든 아이는 부모를 스스로 고르게 될 것이다. 시라니 부족은 공동체 전체가 힘을 합쳐 아이를 길렀으니까.

야니스는 아무것도 눈치 채지 못했다. 그들은 석 달이 좀 안 되는 시간을 함께했다. 그는 자신이 트리스탄을 속속들이 안다고, 그녀의 변덕과 충동, 어디로 튈지 모르는 감정의 변화를 간파했다고 확신했다. 그는 그녀가 자기를 사랑한다고 생각했다. 그게 전부였다. 그는 여자와 사귀었다 하면 상대의 마음을 어지럽히고, 자기방어 기제 속으로 몰아넣고, 임계치 너머까지 밀어내는 남자였다. 그는 트리스탄의 아마존 여행을 그녀가 그들의 관계를 분명히 하기 위해, 그가 행사하는 영향력에서 멀어짐으로써 그들이 앞으로 어떻게 될 것인지를 한 걸음 물러서서 숙고하기 위해 고안해낸 수단이라고 생각했다.

어떻게 해야 그가 잘못을 깨닫게 할 수 있을까? 그에게 영감을 불어넣어주는 조각상이 지켜보는 가운데 밤낮으로 나의 삶에 관한 이야기를 쓰면서, 그는 자신이 그 밖의 것으로부터 안전하다고 믿었다. 그가 트리스탄의 부재로 힘들어한 것은 오직 성욕을 느낄 때뿐이었고, 그럴 때는 조금도 미련을 갖고 있지 않은 옛 애인들을 이따금 만나 욕구불만을 해소했다. 그녀와의 미래에 대해 그는 조금도 관심이 없었다. 그에게 고민거리가 될 만한 것은 오직 나의 과거뿐이었다.

그는 십오 년 전 나를 프랑스의 '주목할 만한 나무' 목록에 포함시키도록 승인을 받아내려 할 때 조회했던 기록을 다시 검토했다. 그는 초가집에 관한 1700년 이후의 모든 등기문서를 구했고, 나와 관련된 대혁명 당시의 재판 관련문서를 찾아냈다. 고문서를 뒤져 나에 관해 밝혀지지 않았던 사실들을 알아냈고, 아무것도 찾아내지 못하면 상상력을 동원했다. 그는 나를 과거로 데려가느라, 현재를 스쳐가버렸다.

*

인간의 현실과 나무의 현실을 연결시키는 뇌, 문장들이 길을 찾아 헤매는 페이지, 그 문장들을 작성하는 컴퓨터 회로…… 엄청나다. 이 파동과 구조가 결합되자 나의 기억은 분명해지고, 이해 가능해지고, 움직이기 시작했다. 심지어는 야니스가 지치고 착각하거나 특정 사실을 일반화할 때조차, 나는 내 삶에 큰 영향을 끼쳤던 인간들의 감정과 사건들을 나 혼자서는 결코 도달할 수 없었을 강도로 다시 체험했다. 나의 기억과 그의 선택, 나의 트라우마와 그의 강박관념, 나의 지각知覺과 그의 스타일이 합쳐지면서 나는 트리스탄이 나를 조각해 그녀와 한몸이 되었을 때보다 훨씬 더 강렬한 무언가를 느꼈다. 창작상의 관점뿐만 아니라 나의 이야기를 재구성하는 비판적 관점도 나의 형태에 변화를 불러오는 데 일조했다.

그의 손가락 아래에서 나는 왜 카트린 부셰가 우리를 다시 심으며 눈물을 흘렸는지 알게 되었다. 그는 그녀가 쌍둥이를 낳자마자 그들을 버려야만 했고, 아이들에 대한 사랑을 자신의 배나무들에게 쏟아부었을 거라고 상상했다. 버려진 어린 소년이 자신의 마음속에서 마음껏 이야기하도록 그가 내버려두었던 건 사실이었다. 그러니, 그의 창작은 현실의 반영이라고도 할 수 있으리라. 내가 죽음을 맞았을 때, 내 열매보다 더 맛있는 배를 먹는 어린 두 아이의 이미지가 나타났던 것도 그렇게 설명이 된다.

그런데 야니스는 이미 폭풍우가 몰아친 대목으로 넘어갔고, 번개를 내려 내 몸통에 구멍을 뚫고 성모마리아를 새겨놓았다.

그리고 내 주위에서 구교도들과 신교도들의 싸움을 일으킴으로써 내가 사십 년에 걸쳐 피해를 입었던 그 성모숭배에 대한 이야기를 희화화하여 풍자했다. 치료사 여자 이야기로 넘어가서는, 그녀를 마녀를 몰아붙인 중상모략과 이성을 잃은 주민들의 행동, 화형대의 끔찍함에 대해 아주 짧은 몇 개의 장면으로 나누어 묘사했다. 그런 다음 시인 미롱트에 대해서는 언급 정도로만 그치고 프랑스 대혁명으로 넘어갔다.

이 부분에서 그는 시간을 끌기로 했다. 독자들과 관객들이 가장 큰 관심을 보이는 부분이 바로 프랑스 대혁명이라고 생각했기 때문이었다. 하지만 그가 느끼지 못하는 것이 있었으니, 그것은 내가 이 살육행위에 대해 더 이상 알고 싶어하지 않는다는 사실이었다. 그는 내가 느끼는 고통 때문에 머리가 지끈거리고, 목이 뻐근하고, 배가 아프고, 악몽을 꾸었다. 하지만 소용없는 일이었다. 그는 아랑곳하지 않고 열중하여 끈질기게 이야기를 전개시켰다. 이어지는 이야기 속에서 나는 또다시, 신을 '지고의 존재'라는 다른 이름으로 믿으며, 그를 부인하지 않겠다고 버텼던 수도사들을 처형하는 '정의의 나무'가 되었다. 베르사유와 랑부예의 단두대가 너무 많이 밀려 있어서 지역 공안위원회는 이 고약한 일을 내게 떠맡겼다.

초가집은 작은 성에 딸린 농가들 중 하나였다. 공안위원회 위원장이었던 초가집의 주인은 상징성은 물론, 본보기를 보이기 위해서라도 즉결처형을 하는 게 좋겠다고 생각했다. 그들은 나의 '번개 성녀'에게 기도를 올렸던 이들이 내 열매가 열리는 자리에 매달려 있는 걸 보며 즐거워했다.

야니스가 쓴 글 안에서 나는 내 가지에 매달려 죽은 첫 희생자인 옥타브 수사를 다시 만나게 되었다. 왜소한 체구의 이 젊은 수도사는 혁명가들이 망치로 때려 부수기 전까지 내 몸체에 새겨져 있던 성모마리아 상에 기도를 올리곤 했다. 죽음의 순간, 그는 신앙을 뒤흔드는 두려움과 의심에 대항해 싸우기 위해 내게 창세기의 한 구절을 암송해주었다. 그것은 선악의 나무에 관한 이야기였는데, 목에 밧줄이 걸리는 동안 그가 내게 마지막으로 유증한 바에 의하면, 무지한 자들은 그 금지된 열매를 사과라고 믿고 있지만 사실 무화과였다는 것이다.

사람들은 나의 가지에서 숨을 거두게 될 것이다…… 신부들이 곧 그 뒤를 이었다. 그들에게 순교는 하늘나라로 가는 가장 확실한 지름길이었다. 처형당하고 난 후에도 자기 영지를 떠나지 못하고, 짐작건대 나의 살아 있는 버팀대가 부족해지자 이졸드 쪽으로 방향을 돌려야 했던 후작이나 그의 가족과는 달리.

매달아 죽일 사람이 더 이상 남지 않자, 우리에게 유죄선고가 내려졌다. 이제 우리의 자리를 '자유의 나무들', 즉 포플러들이 대신했다. 포플러라는 단어는 인민을 뜻하는 라틴어 '포퓰루스'에서 파생되었다. 사람들은 우리 옆에 낡은 헝겊과 귀족의 창자를 걸쳐놓은 총검 두 자루를 꽂아놓고 우리를 조롱했다. 고장 사람들이 거기 모두 모여 새로운 관례가 요구하는 대로 붉은 포도주를 뿌렸다. 그들의 해방을 의미하는 상징적 식물과 비종교적인 방식으로 소통하기 위해서였다.

5월의 태양 아래, 취해서 인사불성이 된 사람들이 시민의 시를 읊었다.

민중은 그 모든 권리와
아주 오래된 권력을 되찾았네.
민중은 왕으로부터
계통수의 뿌리를 뽑고,
우리 공화국의
성스러운 나무를 축성했다네!

집에서 브랜디를 빚곤 했던 늙은 직공이 우리를 옹호하려고 다가오자 그들은 도끼로 우리를 공격하려 했다. 로베스피에르의 친구인 풀로Poulot 동지는 라 셰네에서 벌어진 연회에서 우리의 배로 만든 술을 마음껏 퍼마셨다. 사람들은 잔뜩 취해 우리에게 사면의 은혜를 베풀었고, 그다음 해에는 죽어버리는 바람에 거추장스러운 상징이 된 자유의 나무 포플러들을 뽑아냈다.

그러고 나서 왕정복고 시대에는 성이 불탔다. 불은 마을 전체로 번져나가 숲을 태운 다음 강에서 멈추었다. 초가집은 폐허가 되었다가 철도 공사 때 새로운 노선을 맡은 도道 책임자를 위해 다시 복구되었다. 그의 아내는 나폴레옹 3세 황제 부부가 참석한 이 철도 구간의 준공식 다음 날, 황제 부부로부터 특전을 받았다. 그 뒤로 사람들은 1914년 제1차 세계대전이 일어날 때까지는 나를 가만히 내버려두었다. 전쟁이 터지자 나의 주인은 나의 꽃을 총구에 꽂고 기차에 올라탔다.

야니스는 이야기를 전개시키는 데 필요하다며 내 주변에서 일어난 일화들과 등장인물들을 꾸며내고 과장하고 수정했다. 하지만 나는 그가 나의 체험에 허구를 약간씩 가미하는 게 그리 싫지는 않았다.

남자들이 모두 전선으로 떠났다. 나를 소유하고 있던 미망인은 더 이상 집밖 출입을 하지 않았다. 정원은 아무렇게나 방치되었고, 나는 철분 부족으로 생기는 병인 황백화와 축엽병에 맞서 혼자 싸웠다.

미망인이 세상을 떠나자 메르시에 장군 일가가 집을 사들였는데, 이 못된 인간들은 나와는 유연관계가 없는 종을 접붙여 배 맛을 개량하겠다고 마음먹어 하마터면 나를 죽일 뻔했다.

그러고 나서는 오로지 옷에만 몰두하는 세입자와 이곳에서 바캉스를 보내러 온 휴가객 등, 그렇고 그런 사람들이 차례차례 찾아왔다. 그 열광의 시절*도 내게는 고독의 삽화에 지나지 않았다. 이때의 유일하게 주목할 만한 사건이라면 시트로앵 사에서 만든 로잘리와의 만남이었는데, 내 근처에 처음으로 주차된 이 자동차는 매연을 내뿜어 뜻하지 않게도 황백화로부터 낫게 할 치료 성분을 나에게 제공해주었다.

마지막으로 젊은 의사 란이 자클린과 결혼해 살기 위해 집을 샀고, 나는 트리스탕이 되었다. 그들이 오페라 가수와 심장병 전문 외과의로 몇 년을 보내고 난 후, 내 삶에서 가장 중요한 사건이 일어났다. 당분간은 이 일화가 야니스가 쓰는 작품을 지배하게 될 것이다.

---

* 1차 세계대전이 끝나고 전 세계적으로 호황을 누린 1920년대를 가리킨다. 미국에서는 '황금의 이십년대'라고 불리며 재즈와 화려한 파티가 유행했다.

구원자

Le libérateur

■

연속적인 파열음이 내 가지들에 경보를 울렸다. 방금 내 가장 높은 가지들을 부러뜨린 건 바람이 아니었다. 수직으로 가해진 그 충격은 하늘에서 떨어진 육중한 덩치 때문이었다. 그리고 곧장 내 꼭대기는 새들이 사과를 쪼아 먹지 못하게 초가집 뒤쪽 키 작은 사과나무에 덮어놓은 그물처럼 생긴 밧줄 달린 장막으로 뒤덮여버렸다.

도대체 무슨 일이 일어난 걸까? 미증유의 상황이 발생했다. 하지만 그 원인은 아직 모른다. 자연현상도 아니다. 나무꾼이 공격해온 것도 아니다. 옛날, 왜가리가 그 못된 메르시에 장군의 총에 맞아 죽었던 것처럼 사냥중에 일어난 사고도 아니다. 그 트라우마의 기억을 더듬어 비유로 말해보자면, 사건은 억수같이 쏟아지는 우박처럼 시작되어, 누군가 목매달려 죽은 것처럼 끝이 났다.

내가 낙하산을 타고 내려온 사람을 본 건 그때가 처음이었다.

내가 입은 손해와 나를 공격한 인간이 겪고 있는 고통의 파동이 마구 뒤섞이는 가운데, 불이 켜졌다. 조르주와 자클린이 잠옷 바람으로 초가집에서 나와 사다리와 절단기, 쇠스랑을 찾으러 갔다. 그들은 구운 고기처럼 낙하산에 둘둘 말린 채 버둥대고 있는 침입자를 떼어낸 다음, 낙하산 끈들을 잘라냈다. 그리고 나뭇가지에 낀 천을 내리기 위해 쇠스랑으로 끌어당겼다.

"이 사람은 대체 여길 뭐 하러 온 거예요?" 자클린이 투덜거렸다. "그렇잖아도 이것저것 골치 아파 죽겠는데!"

"잉글리시(영국인입니다)." 그 순간 뚱뚱한 빨강머리 남자가 그렇게 말하면 자신의 잘못이 좀 덜어질 거라고 생각했는지 낮은 소리로 속삭이더니 고통스러운 듯 잔디밭에서 온몸을 뒤틀었다. "그런데 여기가 어디지요?"

"독일군 사령부에서 육백 미터 떨어진 곳이에요." 자클린이 가시 돋친 말투로 대꾸했다.

"레지스탕스인가요?" 낙하산을 타고 내려온 남자가 불안과 희망이 교차하는 표정으로 물었다.

"소극적 레지스탕스죠." 자클린은 이렇게 대답하고는 고개를 돌려, 전시戰時임에도 불구하고 평화로운 시절처럼 모든 고통 받는 것들을 보살피는 조르주를 못마땅한 눈길로 바라보았다.

시끄러운 소리에 잠이 깬 어린 자크가 무슨 일인가 하고 달려 나왔다. 그의 아버지는 마치 자기 병원의 인턴에게 하듯 아들에게 상황을 설명한 다음, 그가 무슨 일을 해주면 좋을지 말해주었다. 그 시절은 꿈을 꾸기에 적합한 시절이 아니었으나, 어쨌든 그는 아들이 학교에서 일등을 하고, 과학에 재능이 있고, 테니스 챔피언이 되고, 그리고 조국의 원수를 갚아주기를 바랐다……

자크는 몹시 기뻐했다. 드디어 그의 능력을 발휘할 수 있는 일을 부탁받은 거였다! 내 몸을 타고 올라가는 데 익숙한 자크는 낙하산을 내리기 위해 이 가지 저 가지를 올랐다.

그동안 란 부부는 다리에 더 이상 아무 감각도 느끼지 못하는 뚱보를 들어올리려고 애썼다. 하지만 자기들 힘으로는 안 된다는 걸 깨닫고 그를 집 안으로 옮기기 위해 하는 수 없이 외바퀴 손수레를 가지러 갔다. 시골에서 쓰이는 외바퀴수레에 실린 남자는 영락없이 뒤집힌 거대한 풍뎅이 꼴이었으나, 마치 사교계 인사 같은 말투로 물었다.

"혹시 다른 사람들 보셨습니까?"

"다른 사람이라니, 누구요?"

"우리는 다섯 명이 뛰어내렸습니다."

의사는 아니라는 뜻으로 머리를 젓고는, 그가 응접실 한가운데 놓인 외바퀴수레에서 빠져나오도록 도와주었다.

"여기가 생트 클레르 쉬르 바주 맞습니까?"

"아뇨, 거기는 여기서 서쪽으로 육십 킬로미터 정도 떨어져 있어요."

"이런 젠장! 두 다리가 다 부러진 것 같고, 왼쪽 눈도 안 보이는군요. 입을 옷이 있으면 좀 주시고 병원으로 데려가주세요. 두 분은 위험할 게 전혀 없습니다. 전 독일어를 유창하게 구사하거든요."

란 부부는 독일 사람 비슷하게 생기고(내가 플라타너스 나무와 비슷하게 생겼듯이) 콧수염 끝이 살짝 말려 올라간 거구의 빨강머리 남자를 뚫어져라 지켜보았다.

"지하실로 데려가요!" 자클린이 남편에게 지시했다.

"아, 안 돼요!" 영국인이 펄쩍 뛰었다. "난 밀실공포증이 있어요. 혹시 다락방은 없나요?"

"제가 장난감을 정리할게요." 자크가 계단을 올라가며 말했다.

그리하여 클래런스 해트클리프 경은 초가집 지붕 아래에서 전쟁이 끝나가는 것을 지켜보게 되었다. 어린 자크가 처형당하고 난 뒤에 상심한 그의 부모를 돌봐준 것도 그였다. 그리고 나와는 지적인 관계를 맺었는데, 덕분에 나는 내가 가진 기능에 대해 점차 많은 것을 알게 되었을 뿐만 아니라 인간의 정신에 대해서도 탐구할 수 있게 되었다.

내가 클래런스 해트클리프와 이처럼 내밀한 관계(불행히도 고통스러운 존경심 때문에 조르주 란과는 결코 맺지 못했던)를 맺을 수 있었던 건 (낙하산을 타고 내려온 이 사람의 살과 눈 속으로 뚫고 들어간) 내 가지의 조각들 덕분이었을까? 클래런스 해트클리프는 내가 만난 사람들 중에서 가장 기발하면서도 열정적인 사람이었다. 만성적인 욕구불만에서 기인한 넘쳐나는 에너지, 응석받이 아이를 연상시키는 변덕, 무모하다 싶기까지 한 용기, 백과사전적인 기억력, 그리고 감각의 과잉에서 비롯된 무시무시하고 병적인 허기의 발작. 그는 위胃이자 뇌이자 심장이었다. 절대적으로 무질서한.

엄청난 유산을 상속받았지만 이런저런 취미를 즐기느라 재산을 탕진해버린 그는 '로열 소사이어티'의 식물학 분야 책임자이자 동물 다큐멘터리 영화 감독이자 시간제 스파이이자 클라리넷 연주자이자 윈스턴 처칠 수상의 전략 담당 고문이었다. 워낙 거구라 항공로를 통한 해방자의 역할을 수행하기에는 그리 적합하지 않았음에도, 그는 영국 공군에 압력을 넣어 낙하산을 타게 되었다. 평상시 같으면 코끼리 보존에 썼을 보조금을 전용해 영국

군에 막대한 자금을 지원하는 그에게 안 된다고 말할 수 있는 사람은 아무도 없었다.

BBC에서 군사 프로그램을 담당하는 연락장교였던 그는 자신의 스튜디오에 제멋대로 밀어닥친 나라 잃은 프랑스 사람들을 참지 못했고, 결국은 침략 당했다고 생각해 망명을 선택한 것이었다.

"난 당신네 드골 때문에 아주 지쳤어요." 첫날 밤 자클린이 그의 낙하산을 잘라 잠옷을 만들어주는 동안, 그는 이렇게 자신의 입장을 정당화했다. "어서 빨리 당신네 나라가 해방되어 그 사람이 돌아가줬으면 좋겠습니다!"

현장에 와서 프랑스 레지스탕스 운동을 격려하고 의욕을 불어넣으려 했던 그는 임무를 포기한 채 결국 지하실에 저장된 포도주를 마시고, 집주인들의 식량배급표를 사용하고, 베를린 발 가짜 메시지를 점령 당국에 방송하기 위해 다락방을 지하 라디오 방송국으로 개조했다. 그가 '독일인이 독일인들에게 고하다'라고 이름 붙인 이 계획이 과연 적을 붕괴시키는 데 기여할 수 있을지, 그리고 심지어 그가 자기 손으로 직접 이것저것 조립하여 만든 이 비밀 송신기가 메시지를 단 하나라도 방송할 수 있을지는 전혀 알 수 없었다. 어쨌든 부득이하게 몸을 움직일 수 없게 된 해트클리프 경이 이 같은 상황을 이용해 괴테의 언어를 완벽히 구사하려고 애쓴 것은 사실이다.

해방이 되자 이 뚱뚱한 기식자寄食者 벌은 벌집을 나와 자신을 맡아준 란 가족에게 공개적으로 경의를 표한 후, 바그너 광인 소프라노 가수가 반역죄로 체포당하는 걸 막고, 어린 자크가 레지스탕스 메달을 사후에라도 추서 받을 수 있도록 손을 썼다. 나에 대해서는, 120킬로그램에 달하는 그의 거구 때문에 내가 전쟁 재해를 입었다는 점을 인정하여 나를 교육시켜주었다.

어느 날 아침, 조르주는 그가 내게 클라리넷을 불어주고 있는 장면을 보았다.

"독일의 프랑스 점령은 이 나무에게도 역시 좋은 일이 아니었어요." 해트클리프 경은 클라리넷을 부는 사이사이 설명했다. "그래서 내 조수에게 '피루스 코무니스'의 아미노산 빈도수를 보내달라고 부탁했지요."

"어디다 쓰시려고?"

"전 제 온실에서 물 한 방울 없이 토마토와 꽃양배추를 키우는 데 성공했습니다. 각 단백질은 특이한 파동을 일으키지요. 그걸 멜로디로 변환시키기만 하면 됩니다. 내가 채소들에게 그것들의 유전자 악보를 연주해주면, 물을 주는 것보다 훨씬 더 잘 자란답니다."

그가 클라리넷 독주를 마쳤다. 하지만 솔직히 말해서 나는 그의 연주를 듣고도 가을을 맞아 이제 막 빠져든 무감각 상태에서 벗어나지 못했다. 그가 계속했다.

"나무에게 말을 걸어야 합니다, 조르주. 그 자신에 관해 말해 줘야 해요. 안 그러면 주르댕 씨*처럼 되고 말아요. 그 양반은 스스로 뭐가 뭔지 잘 모르면서 일을 저지르지요. 그렇게 해서는 발전할 수 없습니다. 당신의 배나무는 꼭 나 같거든요. 영리한 만큼 예민하고, 그래서 무척이나 연약해요. 이 나무는 아이를 죽인 총탄의 충격으로 정신적 외상을 입었는데, 그 상처를 어떻게 치료해야 할지 스스로 알지 못하고 있어요. 우리, 이 나무를 도와주자고요. 나무가 호르몬으로 스스로 그래왔듯이, 정보를 종합할 수 있도록 도와주자는 겁니다."

"호르몬으로요?"

"우리쪽 과학자들과 나는 엄청난 발견을 했지만, 그 빌어먹을 히틀러 때문에 더 이상 연구를 진행할 수가 없었습니다. 우리 실험실에서는 투구풍뎅이의 배설에 관해 연구했지요. 세계 각지에서 투구풍뎅이를 공수받았습니다. 그것들은 신문지를 깐 상자에 담겨 도착했는데, 우리는 〈뉴욕 타임스〉 신문지 위에서 여행을 한 투구풍뎅이들이 일고여덟 차례나 유충 변태를 일으켜 생식을

* 몰리에르의 희극 「서민귀족」에 등장하는 어리석은 인물.

할 수 없는 상태가 되었다는 사실을 알게 되었지요. 〈런던 타임스〉 위에서는 이런 일이 일어나지 않았어요."

그는 긴장감을 계속 유지하며, 탐욕스러운 표정으로 클라리넷을 악기함 속에 챙겨넣었다.

"나는 펄프의 원산지를 조사하다가, 투구풍뎅이의 개체수가 과하게 늘어나 아메리카 낙엽송을 위협하면, 그 나무가 풍뎅이의 유충 호르몬과 유사하나, 양이 너무 많으면 생식을 불가능하게 하는 유약 호르몬을 만들어낸다는 사실을 발견했습니다. 이 연구를 다른 종들에게 적용해봐야 합니다. 우리의 이 배나무가 그와 유사하게 기능한다는 건 거의 확실합니다. 이 배나무는 자신의 콜레스테롤을 이용해 포식동물들의 호르몬을 합성해내죠."

이렇게 해서 나는 내가 어떻게 기능하는지 이해하기 시작했다. 또 나도 모르는 사이에 내 안에서 무슨 일이 이루어지는지도 이해하게 되었다. 바로 그 덕분에 나의 의식이 여전히 기능하고 있는 걸까? 오늘날 나는 작은 입상에 매달려 있는, 불안정한 형태의 지각知覺에 지나지 않건만.

"아무 말이나 막 하는군요. 콜레스테롤은 오직 인간에게만 있다고요." 조르주가 말했다.

"그럼 우리 내기할까요? 내가 최고급 포도주 여섯 상자를 걸겠습니다."

“농담 아니죠?”

“더 고약한 소식이 있어요. 당신이 환대를 베풀어주신 데 대한 감사의 뜻으로 어쩌면 장차 당신에게 유용할지도 모를 안보상의 기밀 한 가지를 알려드리지요. 조르주, 인간들은 자신들의 환경을 지나치게 남용하고 있는데다, 나무들은 원자폭탄을 전혀 높이 평가하지 않았어요. 난 이제 나무들이 우릴 불임으로 만들어 버리겠다고 마음먹지나 않을까 두렵습니다.”

“이것 봐요, 클래런스. 친절은 고맙습니다만, 난 의사예요.”

“그러니까요. 프로게스테론과 에스트로겐은 여성 특유의 성호르몬이지요? 안 그렇습니까?”

“맞습니다.”

“당신만 알고 계세요. 우리 연구팀은 얼마 전에 석류 씨와 종려나무 꽃가루에서 그 호르몬들을 발견했습니다. 단순한 이상일까요, 아니면 우리 종이 멸종 위기를 맞은 걸까요? 자연은 뭐가 되었든 간에 결코 제멋대로인 법이 없고, 아무 이유 없이 어떤 현상을 일으키는 법도 없습니다.”

조르주는 어깨를 으쓱했다. 그리고 이십오 년 뒤, 그는 과학 잡지들을 통해 이 모든 것이 사실임을 알게 되었다. 그는 런던 외곽에 있는 해트클리프 재단 본부에 최고급 포도주 여섯 상자를 보냈다. 하지만 포도주는 수취인이 이미 오래전에 묘지에 묻혔다는 이유로 반송되었다.

*

나는 더 이상 전후戰後 시절에 머물러 있을 수 없게 되었다. 야니스가 그 시대를 재구성하고, 고문서를 뒤지고, 란 박사가 물려준 서신을 통해 해트클리프 경과 대화하는 것을 그만두었기 때문이다. 그가 없으면 나는 내 과거를 마음껏 회상할 수가 없다. 그의 감정이 나를 너무도 강하게 짓눌렀던 것이다.

그는 트리스탄을 생각하고 있었다. 그는 내 사진을 찍기 위해 조르주 란과 약속을 잡은 어느 날, 자폐증을 앓던 이 어린 소녀가 처음 모습을 드러냈을 때를 생각하고 있었다. 열두 살의 그녀는 내 몸에 기대어 앉은 채 나의 열매를 사각사각 씹어 먹고 있었다. 제대로 자라지 못해 익기도 전에 안에서부터 썩어들어가는 쓰고 단단한 내 열매를 아직도 삼킬 수 있는 사람은 그녀뿐이었다. 심지어 무늬말벌조차 원하지 않는 열매였다. 내 열매들에게 적절한 맛과 조직을 회복시켜주려면 너무도 많은 에너지가 필요했다. 하지만 내 모든 에너지는 온통 나 자신을 방어하는 데 동원되어 있었다. 나는 늙은 것이다.

트리스탄은 자신의 감정이 드러나지 않도록 애쓰며, 다가오는 야니스를 짐짓 차가운 표정으로 쳐다보았다. 소녀는 그가 나를 사랑하기 때문에 그를 사랑하기로 했다. 하지만 그가 그 사실을 눈치 채도록 해서는 안 되었다. 그가 그녀에게 인사했다. 그녀는 일어나서 발치에 씨를 뱉었다. 그녀는 사진을 찍게 나를 좀 빌려 달라는 그의 부탁을 받아들였다. 하지만 그는 그 이상은 바라지 않았다. 그녀는 그에게 등을 돌리고는, 거리낌 없이 당당하고 오만하며, 약간은 무심한 태도로 집 안으로 들어갔다.

이제는 그처럼 오만한 태도가 그의 마음에 상처를 안겨준다. 그녀는 그가 보내는 이메일에 답장하지 않았다. 그렇지만 그의 이메일을 열어보긴 했다. 수신확인이 되어 있었다.

야니스는 해트클리프 경에 관한 장章을 쓰다 말고, 그녀가 마치 영역 표시라도 하듯이 배 씨앗을 뱉어내는 장면이 있는 책의 앞부분으로 돌아갔다. 책의 서두인 이 장면은 강한 인상을 주었다. 그런데 이렇게 설정하기로 한 게 누구였던가? 야니스인가? 나인가? 나는 여전히 그의 글이 나의 영감에서 비롯된 것인지, 아니면 그의 자유로운 의지에서 비롯된 것인지를 분명히 밝혀내지 못하고 있다.

어찌 됐든 간에, 배 씨를 뱉는, 이 평범해 보이는 에피소드에 중요성을 부여한 것은 옳았다. 왜인지는 아직도 모르지만, 나 역시 야니스처럼 그것이 추억 이상의 의미를 지니고 있다고 느꼈으니까. 그것은 하나의 열쇠였다. 언젠가 우리는 이것으로 무엇을 열지 알게 되리라. 내가 보기에 그것은 꽤 중요했고, 어쩌면 내가 사후의 삶을 사는 이유일 수도 있었다. 그런데 이 열쇠로 열어야 할 자물쇠는 과거에서 찾아야 할까, 미래에서 찾아야 할까? 야니스가 재발견한 나의 기억 속에서? 아니면 트리스탄이 우리를 잊기 위해 만들어낸 미래 속에서?

어쨌든 나는 두 가지 이미지가 연결돼 있음을 느꼈다. 야니스의 마음속에 내뱉어진 배 씨앗의 이미지, 그리고 나의 삶이 글로 쓰이기 시작한 뒤부터 끈질기게 다시 나타나고 있는데도 정작 작가에게는 전달되지 못한 또다른 이미지. 오래전 누더기를 걸친 두 아이가 내 것이 아닌 배를 먹고 있는 그 모습.

나의 이야기는 더 이상 진척되지 않았다. 야니스가 집중력을 잃자 나는 분해되기 시작했다.

샤먼들
Les chamanes

■

내가 어떻게 트리스탄 옆에 다시 와 있게 되었을까. 이번에는 아무런 물질적 매개나 사진, 육체적 접촉도 없이. 게다가 그녀가 나를 생각조차 하지 않는데.

나를 그녀에게 투사한 건 야니스의 생각인지도 모른다. 그가 침묵과 마음속의 이미지, 그리고 잠이 실린 파동을 통해 관계 맺은 이 그리움과 고통. 그녀를 열망하는 것은 그인데, 막상 그녀를 만난 것은 나였다.

*

그녀는 처음 머물렀을 때부터 이 숲이, 이 부족이 자신의 존재 이유가 되리라는 걸 알았다. 나무 덕분에 그녀는 자신을 추스를 수 있었다. 이번에는 그녀가 우리를 보호하고, 우리를 구하고, 우리를 이해하려 애쓸 것이다. 그녀는 내가 계속 말하도록 했다. 그녀는 우리가 하는 말에 귀 기울이는 법을 배우고 싶어했다. 그리고 우리의 목소리를 들려주고 싶어했다.

처음에 샤먼들은 그녀가 자신들이 석유회사와 싸우고 있다는 사실을 언론에 알리고 지지하는 정도의 역할밖에 하지 못할 거라고 여겼다. 세계적으로 가장 비싼 값에 작품이 팔리는 이 젊은 예술가가 조각한 나무들은 평범한 숲과는 달리 파괴당하지 않을 거라고 생각했다. 이제 그것들은 단순히 파라고무나무나 판야나무, 무화과나무가 아니라 '트리스탄들'이었으니까. 그러나 그녀는 예술이 목적이 아니라 수단이라고 생각했고, 샤먼들은 거기서 최대의 이익을 얻어낼 줄 알았다.

그러고 나서 그들은 트리스탄이 영매의 자질을 갖고 있으며 그녀가 자연의 힘과 개인적인 관계를 맺고 있다는 사실을 알게 되었다. 그들은 그녀에게 그 관계가 개인적인 차원을 벗어나야만 발전할 것이며, 나무들과의 소통은 보편적이어야만 한다고 설명했다. 특정한 고립된 표본(바로 나였다)에게 감정적으로 충실하다보면, 정보의 순환이 힘들어질 수 있다, 나를 잊어야만 그들 식물계의 토템에게 선택받을 수 있다는 것이 그들의 이야기였다.

그러나 샤먼들이 특히 민감하게 느낀 것은 그녀 배 속의 아이였다. 그들은 트리스탄이 자신들에게 그 아이를 바치러 왔다고 믿었다. 그래서 그들은 그녀가 숲의 정령들과 수월하게 대화할 수 있도록 서둘러 모든 의식을 거행했다. 아이를 '자궁 내에서' 입문시키기 위해서였다. 그들 사이에는 수많은 태음월이 지난 후에 구원자가 나타나리라는 예언이 전해져오고 있었다.

나무의 언어를 알고 싶다는 바람이 너무 강하다보니, 이제 트리스탄은 인간의 본심을 읽을 수가 없게 되었다. 그녀는 시라니 부족이 자신을 한 사람의 인간으로서 좋아한다고 생각했지만, 이제 그들에게 트리스탄은 아이를 품고 있는 하나의 자궁에 지나지 않았다. 그녀는 결국 자신의 길과 나라를, 자신의 임무를 발견했다고 믿었다. 그녀가 유네스코에 열심히 로비한 끝에 이제 시라니 부족의 영토는 생물학적 다양성을 지닌 세계유산으로 지정되기 일보 직전이었다. 그녀가 원하는 건, 다만 자신이 내게 빚진 것을 이곳의 나무들과 인간들에게 돌려주는 것뿐이었다. 나무를 다루는 그녀의 예술적 작업은 소재 속으로 들어가는 첫 단계에 불과했다. 이제 그녀는 식물들의 생각 속으로 뚫고 들어가야 했다.

야니스는 이런 이야기에 귀 기울이려 하지 않았다. 그래서 그녀는 더 이상 그에게 답장을 하지 않았다. 그를 설득하려 애쓸 필요가 없었다. 회의적인 힘과 맞서느라 에너지를 낭비하는 건 정신적으로 해로웠다. 그는 그가 공유할 수 없는 것들에 대한 트리스탄의 모든 열정을 참지 못했다. 샤먼의 세계, 환각을 일으키는 민간요법 약제들, 정령과의 소통…… 이런 것들은 그의 세계에 속하지 않았다. 그가 믿는 것은 오직 물질과 육체적 사랑, 기억뿐이었다. 죽은 사람들이 말을 하게 할 수 있는 유일한 수단은 오직 역사뿐이라고 그는 생각했다. 기록되고 대조 검증되고 확인할 수 있는 증언들, 그리고 거기서 끌어낼 수 있는 논리적 결론. 그는 눈에 보이지 않는 것은 보려고 하지 않았다. 그것은 그 자신과는 아무 상관 없었다.

그녀는 자욱한 열대산 담배의 연기 속에 떠 있었다. 등롱의 불빛이 깜박거리는 숲속 빈터 한가운데서, 부족의 늙은 샤먼과 젊은 샤먼이 장차 그녀와 대화를 나누게 될 나무의 수액으로 만든 푸르스름한 '아야와스카*'를 그녀에게 먹였다. 그리고 〈이카

* 강렬한 식물성 환각제.

로스〉를 노래하는 법을 그녀에게 가르쳤다. 이 노래를 부르면 나무들이 공명을 일으키며 진동하다가 그녀에게 말을 한다고 했다.

나는 샤먼들이 불편했다. 그것은 나의 문화가 아니었다. 내용상으로 그들이 틀린 건 아니었지만, 나는 형식에 대해 무척 신중한 편이었다. 이런 민간요법으로 만든 약물을 마신다고 해서 대화가 이루어지는 건 아니었다. 이미 어떤 정신적 관계가 존재하고 있을 경우를 제외하고는. 그리고 설사 그런 관계가 존재한다 해도 대화는 방해를 받을 수 있다. 우리의 수액을 마신다고 우리의 내면을 이해할 수 있는 건 아니다. 나의 뿌리에 뿌려진 인간의 피를 흡수할 때도 그 같은 사실을 확인할 수 있었다. 우리는 이런 의식을 치르거나 이처럼 접신 상태에 들지 않아도 해야 할 말을 전달할 수 있다. 진정한 샤먼들은 나뭇가지의 성장을 믿는다. 그러나 그 외 나머지들은 조작을 가하는 이들이거나 신경증 환자이거나 불성실한 자들이다.

하지만, 서양의 나무로서 말하자면, 그들이 사는 숲의 영적, 사회적 구조는 나를 키운 환경과는 완전히 달랐다. 우리는 기후조건과 사회집단에 적응하듯, 인간들의 믿음과 개념에도 적응한다. 우리 고장의 인간들은 우리를 장식용 나무나 유용한 나무로, 성스러운 나무나 해악을 끼치는 나무로, 오른편에 있는 나무나 왼편에 있는 나무로, 권력의 나무나 인식의 나무로, 도덕적 가치를 지닌 나무, 혹은 광고 효과가 있는 나무로 나누었다. 그러나 이 같은 세분화 역시 우리의 교환에 해를 끼친다. 인간들은 이제 우리에게서 어떤 풍경이나 원료, 상징성 같은 것만을 본다. 우리의 시간적 지표가 태음월이나 계절을 따를 때도, 인간들은 자기들의 시간적 관점에서 생각한다. 샤먼들은 아야와스카를 마심으로써 이 같은 차이를 없앨 수 있다고 믿었다.

이런 관점에서 보면 트리스탄은 이미 그들의 문화에 젖어 있었다. 그녀는 처음으로 환각을 경험했고, 처음으로 꿈과 협력을 이루었다. 그녀가 그 외국 나무들과 관계를 맺은 것에 대해 내가 질투를 느꼈다는 말은 하지 않겠다. 하지만 기분이 썩 유쾌하지는 않다. 이곳에서는 나의 파동이 환영받지도 못하고, 조화를 이루지도 못한다. 그건 분명하다. 나는 나라는 존재를 만든 인간들의 감정에 의해 지나치게 복잡해지고 변질되었다. 성모마리아의 나무, 사랑의 배나무, 정의의 나무, 불행의 나무, 위령탑, 오페라 애호가의 알레고리, 사후死後의 조각…… 과연 나는 누구인가. 나는 나 자신에게 묻는다. 내가 이런 의문을 품자 토착 식물들이 나를 거부한다. 이곳의 나무들은 개별적 정체성을 지니고 있지 않다. 한 마리 한 마리가 개미집이라는 대뇌의 뉴런에 불과한 개미들처럼, 각자 자신의 기능을 수행할 뿐이다.

그래. 나는 오직 마법의식에만 반응하는 이 원초적이고 집산

주의적이고 경직된 숲에 동화될 수 없다. 나는 이곳에서 받아들여지지 못한다. 나와 함께 성장한 유럽인들의 합리적이고 이기적이고 무질서한 사고 때문에 이곳에서 눈에 띄는 존재가 돼버린 까닭이다. 마치 늑대 무리 속에 섞여 있는 한 마리 개처럼. 그리고 이 적대적인 정글은 나의 가장 절친한 친구를, 나의 수양딸을 내게서 앗아가려 하고 있었다.

그리하여 내가 느끼는 동요는 개인적 차원을 넘어섰다. 〈이카로스〉와 아야와스카가 식물의 의식과 인간의 환각을 절묘하게 연결함에 따라, 내가 느끼는 불안은 점점 더 커져간다. 그리고 거기에는 뭔가 다른 것이 존재했다. 조그만 칡뿌리에서 무성한 수림 꼭대기에 이르기까지, 이곳의 모든 것이 죽음과 불안의 파동을 확산시키고 있었다. 그리고 나는 이미지들을 포착하기 시작했다. 지하를 탐험하기 위해 숲을 파괴하려는 자들이 비행기로 약을 살포해 약용 식물들을 오염시켰다. 스스로를 치유할 수 있다고 믿었던 인디오들은 그것에 중독되었고, 자신들이 죽음을 면할 수 없다는 사실을 아직 모르고 있던 식물들은 큰 혼란에 빠졌다.

감미로운 최면 상태는 악몽으로 변했다. 샤먼들은 무시무시한 환각에 사로잡혀 울부짖고, 땅바닥 위를 데굴데굴 구르고, 서로를 움켜잡았다. 트리스탄도 그들처럼 그렇게 했다. 죽임을 당하기 전에 죽일 것이며, 그에 대해 손쓸 도리가 전혀 없음을 알고 있는 숲의 폭력성과 긴장이 구체화하여 드러난 것이었다.

첫 새벽빛이 비치자 긴장감이 누그러졌다. 인디오들은 무아경에서 깨어났다. 다들 무덤에서 방금 나온 듯 창백하고 생기 없이 넋이 나간 표정이었다. 나는 이 체념 어린 공포 한가운데에서 여전히 단순한 증인, 구경꾼, 불청객에 불과했다. 이제 나는 확신한다. 트리스탄의 생각이 나를 그 정글로 부른 게 아니라 야니스의 사랑이 나를 그곳에 내던진 것이다. 야니스는 그녀에게 알리지 않은 채 비행기를 타고 내일 이곳에 도착할 것이다.

그래서 나는 기다렸다. 혼자서, 그리고 함께. 그 모든 야생의 나무들이, 심지어 조각을 통해 트리스탄의 스타일을 나와 공유하던 나무들마저도 나를 잘 알지도 못하면서 갑자기 나를 따돌리기 시작했다. 종種에 따른 편견은 오직 인간들의 전유물일 뿐이라고 믿고 있는 나를.

그럼에도 불구하고 나는 희망했다. 그들이 내 말을 들어주기를, 소통하고자 하는 내 욕구에 응해주기를 간절히 바랐다. 나는 그들을 도울 수 있기를, 그들이 안심하고 내세를 맞게 되기를 간절히 바랐다. 하지만 어쩌면 그건 나의 역할이 아닌지도 모른다. 게다가 그들에게 긴히 전해줘야 할 무언가가 있는 것도 아니었다. 도대체 여태까지 나의 죽음을 두고 내가 한 일은 과연 무엇이었던가.

도대체 내가 왜 이렇게 계속 존재하는지, 나의 역할은 무엇인지, 내가 무엇에 부응해야 하는지, 그것만이라도 알고 싶다…… 내가 어떤 영혼을 해방시켜야 하는지, 그것만이라도 알고 싶다.

나는 인간들이 마지막 숨을 내쉬는 순간을 여러 차례 목격했다. 하지만 지금은 그들 중 누구와도 관계를 맺고 있지 않다. 도대체 누가 나를 지상에 붙잡아두고 있을까? 내게 유일하게 남아 있는 두 생존자는 지금 나를 버리고 있는 중이건만. 나를 항상 깨어 있게 하는 이 깊은 슬픔은 어디서 비롯된 걸까? 언제나 표출되고자 하는 이 깊은 슬픔은 어디서 온 걸까? 나는 그것의 의미도, 기원도, 대상도 모르는데. 몇백 년 전부터 내 안에서 도움을 요청하는 이 목소리는 대체 무엇이란 말인가?

출발
Le départ

■

그는 그녀 없이는 도저히 살 수가 없었다. 반대로 그녀는 그 없이도 살 수 있었다. 두 사람의 재회는 파국을 불러일으키고 말리라.

자신의 배경에서 벗어나자 야니스는 일체의 카리스마를 잃었다. 그는 하찮고, 적응력 떨어지고, 시대착오적인 남자에 지나지 않았다. 뱀과 모기들에게 시달리며 카누를 타거나 강행군을 하는 동안, 야니스는 안내인들에게 강탈당하고 정글을 봉쇄하고 있는 군인들에게 갈취당했다. 그는 트리스탄을 다시 만나기 위해 온갖 위험을 무릅썼다. 그리고 그들 사이의 이런저런 문제들이 이미 해결되었다고 믿고 있었다.

야니스는 실현 가능성이 없어 보이는 계획들을 열을 내가며 설명했다. 열심히 논거를 제시하고, 주장을 펼쳤다. 그는 그녀를 간절히 욕망했고, 둘이 빚어내는 쾌락을 절실히 필요로 했다. 그녀의 육체가 뇌리에서 떠나지 않았다. 그녀 없이는 살 수가 없었다. 물론 살아보려고도 애썼다. 하지만 성적으로 그 어떤 여자도 그녀에게 미치지 못했다. 그가 비난이라도 하듯 그녀에게 말한 바에 따르면 그랬다. 그리고 그는 그녀를 얼싸안고 키스를 퍼부었다. 그녀가 밀어냈지만 아랑곳하지 않았다. 그녀가 말했다. 여전히 당신을 사랑하지만 난 이제 자유로운 몸이 아니에요. 몸과 마음을 모두 숲에 바쳤어요. 그가 따지고 들었다. 그래서? 그 숲이라는 것도 어느 정도는 나의 것이라고 할 수 있어. 어쨌든 나도 숲을 구하기 위해 대가를 치렀다고. 그러고는 덧붙였다.

"만일 내가 알았더라면 이렇게까지는 안 됐을 텐데."

듣는 사람을 절망에 빠뜨리는 말이었다.

트리스탄은 야니스를 자기 오두막집으로 데려갔다. 그를 침묵시킬 수 있는 방법은 그것뿐이었다. 그녀는 그에게 굴복하지 않았다. 그저 자신의 몸을 맡겼을 뿐이었다. 그를 단념시키기 위해서였다. 그는 그녀가 아기를 가졌다는 것조차 깨닫지 못했다. 그는 전보다 훨씬 더 아름다워진 그녀의 젖가슴에 이르자 동작을 멈추었다. 그리고 다정하고 난폭하게, 절망적으로 그녀와 관계를 맺었다. 그녀가 처음으로 자신에게 주도권과 통제권을 맡기자 그는 안심하여 한층 더 자극받고 흥분했다. 야니스는 모든 방향에서, 모든 방법으로 그녀를 소유했다. 그러나 트리스탄은 아무것도 느끼지 못했다. 더 이상 말도 하지 않았다. 수동적이고 고분고분하고 무관심하게 고통스러운 침묵 속에 갇혀 있다보니 어린 시절, 밤만 되면 손전등을 들고 그녀의 방으로 슬그머니 들어와 "절대 말하면 안 돼. 맹세할 수 있지?"라고 말하던 그 유령이 깨어났다.

야니스는 오르가슴을 느꼈다. 그러나 자신만 그것을 느꼈다는 사실을 알고 깜짝 놀랐다. 그녀는 아무 말도 하지 않았다.

"여기선 네가 느껴지지 않아." 그가 말했다. "그 샤먼들이 도대체 무슨 마약을 먹였는지는 모르겠지만, 지금의 네 모습이 너무 낯설게 느껴져. 나랑 돌아가자. 책은 거의 다 끝냈고, 시나리오도 쓰고 있어. 그건 우리 아기나 마찬가지야. 그래서 네가 필요해."

그녀는 남은 용기를 짜내어 "알았어요"라고 대답했다. 아무런 감정도 담겨 있지 않은 그 모호한 대답은 야니스의 감정과 그의 무분별함, 그가 하는 말들을 총칭하면서도, 사실 그 무엇에도 얽매이지 않는 말이었다.

다음 날 그녀는 그를 공항까지 배웅하면서, 자신은 유네스코

감독관들에게 일을 인계하고 이삼 일 후에 돌아갈 거라고 말했다. 그를 떠나보내기 위해, 더 이상 말다툼을 하고 싶지 않아 거짓말을 한 것이었다. 두 사람은 활주로가 내려다보이는 테라스에서 함께 맥주를 마셨다. 트리스탄은 남자의 변한 모습을, 아니, 그의 여전한 모습을 더는 견딜 수가 없었다. 그를 이상화했다가 이제야 본모습을 발견한 것이었다. 잔다르크 보리수나무의 아들, 허공 위를 걷던 날랜 소년, 그녀가 진심으로 사랑했던 경매장의 그 파산한 줄타기 곡예사는 어디에 있는 걸까. 이제 그녀 앞에 있는 사람은 소심하고 완고하고 질투심 강한 남자일 뿐이었다. 야니스는 확신에 가득 차 최후통첩을 남겼다. 난 이제 너 없인 살 수 없어. 이제 다른 여자는 절대 손도 안 댈 거야. 우리의 책이 끝나고 그것의 아버지가 되면, 난 바로 너랑 결혼할 거야.

트리스탄은 그가 말하도록 그냥 내버려두었다. 그리고 눈물을 꾹 참으며 억지 미소를 지었고, 그가 사랑을 맹세하자 고맙다고 말했다. 그러면서 오로지 계산서가 나오기만을 기다렸다. 마치 그것이 해방을 알리는 신호탄이라도 되는 것처럼. 몇 달 전만 하더라도 그런 말을 들을 수만 있다면 모든 것을 그에게 바쳤을 텐데. 하지만 이제 그녀는 모든 것을 깨버렸다. 그중에서도 자신의 미래를 선택하며 품었던 환상을 가장 먼저 깨뜨렸다. 그것은 선택이 아니었다. 타인의 거부나 기대에 순응하기 위한 사랑의 희생이었다. 그녀가 지켜내려고 하는 부족에게 아기를 맡기고 마치 아무 일도 없었다는 듯 아이를 원하지 않는 남자에게 돌아가는 것…… 그녀는 그것이 자신의 본성이며 임무라고, 자신의 운명이라고 스스로 믿게 하는 데까지는 성공했었다. 하지만 이제는 돌아가고 싶지 않았다. 아이와 함께든, 아이를 놓아두고 혼자든 간에 돌아가고 싶지 않았다. 더 이상은 그렇게 할 수가 없었다.

출국장 철책 너머에서 그녀는 다른 모든 사람들처럼 손을 흔들었다. 그리고 돌아섰다. 그녀의 부족이 살고 있는 마을로 이어지는 강 위에서 그녀는 스마트폰을 던져버렸다.

트리스탄은 평생의 사랑을 포기했다. 하지만 사랑 자체를 포기한 건 아니었다. 그녀가 포기한 것은 삶이었다. 몸속에서 자라고 있는 아이 외의 모든 것이었다.

결별

La séparation

■

야니스는 트리스탄이 자신의 부재를 견디지 못해 결국은 돌아올 거라고 믿으며 씁쓸한 기분으로 아마존을 떠났다. 그러나 사실 트리스탄은 그가 출발하자마자 마음이 한결 가벼워지는 걸 느꼈다.

그는 그녀에게 편지를 보냈지만 그녀는 답장하지 않았다. 그가 보낸 이메일도 열어보지 않았다. 그는 비행기 안에서 발견한 편지를 밤낮으로 읽고 또 읽었다. 출국장에서 그들이 포옹하는 동안 그녀가 그의 호주머니 속에 슬그머니 집어넣은 것이었다.

당신을 영원히 사랑할 거예요, 야니스. 하지만 그 사랑은 보편적이고 무조건적이고 전적인 사랑이에요. 나의 육체나 우리라는 한계에서, 우리라는 사람들에게서 끝나는 사랑이 아니에요. 우리는 치열한 꿈을 꾸었고 드문 순간을 체험했어요. 당신은 내게 육체적인 쾌락이 무엇인지 보여주었지요. 우리의 의식은 변모된 상태에 도달할 수 있었어요. 하지만 그것은 그저 하나의 단계, 정말이지 아름다운 단계, 다시 돌아갈 수 없는 하나의 점에 불과해요. 다시 옛날로 돌아가 당신 품에 안기고 싶지는 않아요. 나는 이제 그처럼 변모된 상태에서 나무들의 세계와 소통하고 있어요. 이곳이야말로 나 자신이 있어야 할 곳에 있다고 느끼게 해주는, 그리고 지금 이 순간 나의 모습과 내가 바라는 것에 어울리는 세계예요.

난 프랑스로 돌아가지 않을 거예요. 당신도 여기 올 필요 없어요. 당신은 내게 너무나 소중한 존재예요. 그렇기 때문에 당신을 거부함으로써 당신을 잃고 싶지는 않아요. 이것이야말로 우리가 다시 만날 수 있는 유일한 방법이에요. 당신이 날 존중해준다는 걸, 당신도 나도 한결 성숙해져서 함께했던 그 강렬했던 봄에서 벗어나리라는 걸 나는 알고 있어요.

야니스, 당신을 우리의 추억 속에 가둬두고 싶지 않아요. 그렇지만 당신이 계속 내 아틀리에에서 살았으면 좋겠어요. 당신이 내 과거의 삶을 지켜준 사람으로 남아 있는 것, 그건 내게 중요한 일이에요. 이 편지를 읽고 당신은 내가 미련 없이 과거를 잊어버리는 여자라고 생각할지도 모르죠. 하지만 그런 건 아니에요.

영원히 당신을 잊지 않을 거예요. 그리고 우리가 이렇게 멀리 떨어져 있는 지금이 어쩌면 우리가 다른 무언가를 준비하는 데 필요한 하나의 단계에 불과할지도 몰라요. 우리 책도 잘되고 우리 영화도 잘될 거예요…… 나는 단어 하나하나 속에서, 장면 하나하나 속에서 당신과 함께할 거예요. 하지만 계속해서 여자들을 사랑해요. 그건 당신의 길이니까…… 나와의 사랑 때문에 당신 육체를 괴롭히지는 마요. 변함없는 사랑과 에고이즘을 혼동하지 마요. 어린 마농들은 얼마든지 존재할 테니 그들을 도와줘요. 그들을 가르쳐줘요. 난 그들 한 사람 한 사람 속에 깃들어 있을 거예요. 당신이 원한다면.

당신이 느끼는 대로 내 모습을 만들어요, 야니스. 하지만 난 당신을 내 마음속 가장 깊은 곳에 간직할 거예요. 당신에게 쾌락을 줄 수도 없고, 내가 갖고 있던 권리도 모두 놓아버렸지만.

야니스는 마지막 문장이 마음에 들지 않았다. 만일 그녀가 '당신을 사랑해요'라든가 '미안해요' 같은 문장으로 편지를 끝맺었더라면 결심할 수 있었을 것이다. 마음을 접을 수도 있었을 것이고, 초연하게 행동할 수도 있었을 것이다. 그러나 이 사법적인 표현은, 마치 면소판결문처럼 들리는 이 통지는 결별의 편지보다도 더 확실하게 그의 희망을 꺾어버렸다.

그런데 이 상황에서 나는 도대체 뭐지? 결별 후 그들은 스스로에게 많은 질문을 던졌다. 그러나 나와 관련된 가장 중요한 문제, 즉 둘 중 누가 나무를 간직할 것인가라는 질문은 빠져 있었다. 그들은 뻐저린 후회와 회의와 불만 사이에서 갈피를 잡지 못했고, 그 바람에 나는 몽파르나스의 아틀리에와 아마존 부족 마을 사이에서 그들의 고통을 동시에 느껴야 했다. 지속적으로 두 장소에 존재한다는 것, 두 배로 쌓이는 슬픔을 견뎌낸다는 건 정말이지 버거운 일이었다.

그래서 나는 내 과거로, 어두웠던 그 시간으로 몸을 피하여 현재 그들의 머릿속을 맴돌고 있는 생각에서 벗어나려고 애썼다. 어쨌든 그 과거는 닫혀 있었고, 익숙한 감정들과 순화된 고통에 의해 고정되어 있었다. 나는 다시 과거를 향해 출발했고, 기억의 동심원을 그리는 고리 속에서 왔던 길을 되돌아갔다. 나는 여정에서 만난 친구들을 다시 살려내려고 애썼다. 타오르는 나의 불길 속에서 산 채로 불태워지자, 내 껍질에 언제나 들러붙을 저주를 퍼부은 자네트…… 후작의 침대 속에서 바람을 피우고 있는 자신의 뮤즈를 찬양하기 위해 내 그늘 아래서 영감을 구했던 시인 미롱트…… 지고의 존재에게 희생물로 바쳐져 목에 밧줄을 감은 채 "하느님 만세!"라고 외치며 죽어간 옥타브 수사…… 자신을 지독한 불행에 빠뜨린 메르시에 장군을 만났으나 무엇이 진실인지 절규하는 대신 내게서 용기를 얻고 침묵으로 일관했던 알프레드 드레퓌스……

어느 날 느닷없이 하늘에서 떨어져 나 자신에 대해 가르쳐주었던 영국인, 내게 오페라 등장인물의 이름을 붙여주었던 세련된 여자 성악가, 나를 아들처럼 사랑하고 내 가지들을 깎고 다듬어 펜을 만들었던 의사를 무대에 등장시키기 위해 나는 애를 썼다. 몇 분, 혹은 몇 년 동안 나와 함께 불행을 함께 나누었던 그 모든 이들을……

그러나 아무도 내게 응답하지 않았다. 나는 다른 배나무의 과실를 먹으며 내 기억을 무단으로 점거한 이름 모를 어린 누더기 소년을 다시 불러내려고 애썼다…… 그러나 헛일이었다. 의식이 자율성을 되찾지 못했고, 트리스탄과 야니스에게서 벗어날 수가 없었다. 나는 그들 삶의 끝까지 함께 가야만 했다. 이것은 내게 지옥일까, 아니면 연옥일까? 그들이 서로를 사랑하지 않아야, 그들이 나를 잊어야 마침내 나는 휴식을 맞아 영원히 계속될 겨울을 보낼 수 있는 걸까? 지금 나는 이 같은 공백을 간절히 원하고 있다. 이제 죽음은 두렵지 않다. 내가 존재한다고 느끼고 싶지 않다. 나는 자라나지 않는다. 소멸되어갈 뿐이다. 이것이야말로 극히 반反 자연적인 것 아닐까. 쓸모도 목표도 없이 이런 식으로 살아남아봤자 무슨 의미가 있을까.

계절은 내게 아무 영향도 미치지 못한 채 아무 이유도 없이 바뀌어간다. 무르익어가는 봄을 지켜보는 게 대체 무슨 소용이란 말인가. 나는 거기 동참하지도 못하는데. 여름을 느낀다 한들 무슨 소용인가. 겨울을 보내는 데 도움이 되는 저장물질을 얻어낼 수도 없는데. 가을을 알리는 첫 신호를 포착한들 무슨 소용인가. 붉은 거미가 내 옆의 침엽수를 공격하여 잎이 떨어지고, 내가 뿌리내린 토양을 산성화하고, 그 바람에 더욱 심각해진 살충제 오염 때문에 어쩔 수 없이 다른 식으로 영양을 섭취할 수밖에 없었던, 늘상 겪던 위기감조차 이제는 느끼지 못하는데. 그저 모든 게 권태로울 뿐이다.

야니스는 내 책의 집필을 중단하고, 내 영화에 대해 생각하는 걸 포기했다. 그에게는 일할 힘이 남아 있지 않았다. 그는 과거를 잊기 위해 몇 날 며칠 술만 퍼마셨다. 반면 트리스탄은 숲이 자신에게 또다른 미래를 요구하는 소리를 듣기 위해 아야와스카를 마시며 밤을 지새웠다. 두 사람은 자기가 죽였다고 생각하는 사랑을 피해 도망쳤다. 그리고 그들을 이어주는 일종의 연결부호였던 나는 도대체 어떻게 해야 이 생략에 의한 거짓과 오해를 해소할 수 있을지 알지 못했다. 정말이지 소통하고 싶다. 하지만 나는 내 운명과 연결된 운명들에 아주 이따금씩만 관여할 수 있을 뿐이었다.

어느 날 밤, 야니스는 내 이야기의 1권들을 제본하기 위해 내 나무를 얇게 잘라 반들반들하게 사포질을 하고 니스 칠을 하고 짜맞춰 화장마감을 한 장정(수집가들이 일련번호를 매긴 이 원판들을 벌써 예약 구매한 상태였다)을 집어들었다. 그리고 그것들을 불 속에 던져넣었다. 트리스탄이 내 나무를 가지고 만든 마지막 작품, 그들의 협력과 우리의 결합을 상징하는 그것을 태워버린 것이다.

아틀리에에 쌓여 있던 인화성 물질들 때문에 막혀 있던 벽난로가 주저앉으면서, 타고 남은 나의 재 위로 도관이 무너져내렸다. 야니스는 나를 모욕하고 저주했다. 트리스탄이 그를 떠나 숲으로 간 것이 다 내 탓이라고, 내가 조르주 란에게서 아들을 빼앗아가더니 이번에는 자신에게서 연인을 빼앗아갔다고.

"그래, 넌 불행을 몰고 다니는 나무야! 그들이 한 말이 다 옳았어! 이제 무슨 일이 일어날까? 이제는 네 연기로 나도 질식시켜 죽일 거야? 조르주와 엘렌을 죽였던 것처럼? 그런 거야? 빌어먹을!"

술에 잔뜩 취해 고래고래 소리를 질러대던 그는 발작이라도 하듯 콜록댔고, 결국 창문이란 창문은 죄다 열어젖혔다. 그 순간 나는 고통을 느꼈다. 이제 고통을 느끼는 건 그뿐만이 아니었다. 영원히 출판되지 않을 글 속에서 내 안의 동기와 세상을 바라보는 관점에 손을 들어주었던 그가, 방금 나의 적들이 옳았다고 인정한 것이다. 그렇다고 어찌 그를 원망하겠는가. 나는 하나의 자아가 상처 입는다는 것이 어떤 것인가를 알게 되었으며, 그와 동시에 용서에 대해서도 배웠으니.

어쩌면 언젠가, 그의 아이가 나를 정당하게 평가해줄지도 모른다.

*

트리스탄은 초연한 마음으로 아이를 낳았다. 그녀는 아이가 자신에게 속하지 않고, 자신에게 주어진 것이 아님을, 자신은 프랑스의 이블린 도道에 존재했던 배나무와 아마존 정글을 중개하는 인간에 불과하다는 사실을 잘 알고 있었다. 숲이 그녀에게 요구했던 아이인 토에Toé가 인간들과 그들의 땅이 벌이는 부조리한 전쟁을 종결지을 최후의 샤먼이 되리라는 사실을 그녀는 알고 있었다.

트리스탄은 아이가 태어났을 때부터 시작된 입문 의식을 끝맺기 위해, 아기가 태어나자마자 부족 여인들에게 그 아이를 맡겼다. 그리고 다시 투쟁하기 위해 길을 떠났다. 그녀는 시라니 부족 아이들을 교육시키고, 그들의 상상력과 지식을 살아 있는 숲에 전파할 예술가들을 양성했다. 그리고 사람들이 고래들을 입양하듯 이 나무들을 입양할 수 있도록 국제적인 캠페인을 벌였다. 각 개인들이 합법적 수단을 동원해 나무들을 보호하도록 하기 위해서였다.

그러나 쿠데타가 일어나는 바람에 트리스탄의 꿈은 한순간에 산산조각 나고 말았다. 군사정권이 아마존 부족의 영토를 장악한 것이다. 시라니 족의 숲을 생물학적 다양성 분야의 세계유산으로 등재하러 왔던 유네스코 감독관은 스파이 혐의로 체포되었다.

석유회사가 숲에서 원주민들을 쫓아내는 걸 돕기 위해 군인들이 몰려왔다. 그리고 트리스탄은 이 사건이 일어났을 때 불도저에 깔려 사망했다. 샤먼 문화를 영속시키기 위해 그녀가 산 채로 조각했던 나무들은 예술가이자 전사였던 그녀에게 경의를 표하기 위해 그녀 주변에 꿇어 엎드렸다.

개입

L'ingérence

■

야니스는 뉴스를 보다가 트리스탄이 죽었다는 사실을 알게 되었다. 그녀의 얼굴이 텔레비전 화면을 삼 초가량 차지했고, 곧 프랑스의 한 장관이 등장하더니 현지에 머무르고 있는 프랑스인들이 하루 속히 그 나라를 떠나야 한다고 말했다.

그는 텔레비전을 껐다. 그리고 술에 취해 비틀거리며 쓰다 만 메일들을 찾았다. 그녀를 질책하고, 위협하고, 사랑이라는 미명하에 괴롭히고, 그녀를 자신의 고통과 우스꽝스러운 행동의 증인으로 삼고, 그녀에게 상처를 주었다가 웃겼다가 또 다시 위협했던 글들. 그것은 그녀가 살아 있을 때 쓴 글이었다. 그는 도저히 믿기지 않는다는 듯 넋이 나간 표정으로 아틀리에 안을 서성였다. 스케치와 습작, 밑그림, 완성되지 못할 그녀의 작품들을 바라보았다. 쓰일 날만을 기다리고 있던, 트리스탄에게 영감을 불어넣기만을 기다리고 있던, 그녀에게 다른 형태와 다른 꿈을 암시하기만을 기다리고 있던 팔레트와 들보, 철도 침목 등도 만져보았다.

그러고 나서야 그는 바닥에 주저앉아 울었다. 그는 사랑했던 여인이 다시 돌아오게 하기 위해 자신의 삶을 화석화했었다. 희망과 고집, 남은 것들에 대한 포기로 이루어진 부동의 상태 속에 자신을 새겨넣었다. 그런데 갑자기 이 모든 것이 불현듯 무의미해진 것이었다.

응접실로 돌아간 야니스는 책상으로 달려가 컴퓨터를 부숴버렸다. 그리고 집필을 중단한 나에 관한 원고가 보관돼 있는 서랍을 열쇠로 열더니 그것을 부엌으로 가져갔다. 원고를 개수대에 던진 그는 거기에 알코올을 뿌리고 성냥을 켰다. 안 돼, 야니스…… 대체 왜 그러는 거야? 그건 내 탓이 아냐. 장정을 태우는 것까지는 괜찮아. 하지만 당신은 지금 당신이 가진 가장 좋은 것을 불태워버리려 하는 거야…… 트리스탄은 당신에게 우리의 만남에 대해 써보라고 했었지. 그런데 당신은 지금 그걸 태워버리려 하고 있는 거라고.

야니스는 성냥을 던진 다음 불타는 종이들을 바라보았다. 초가집에서 처음으로 장작의 불꽃이 되었을 때 내가 느꼈던 해방감은, 그 즐거움은 어디에 있는 걸까? 불타는 종잇장들을 보는 내 마음은 자네트가 화형을 당할 때만큼이나 찢어질 듯 아팠다.

야니스는 내 삶이 흔적 하나 없이 완전히 불살라지도록 내버려둔 채 다시 책상 쪽으로 갔다. 그리고 내 입상을 들어올리더니, 나무로 만들어진 트리스탄의 그 토템을 품에 안았다. 방금 그가 내린 결정의 무게가 그의 마음 가장 깊은 곳에서 느껴졌다. 그는 저세상에서 그녀와 재회하고 싶어하는 것이었다.

그러나 그건 어리석은 일이었다. 그녀는 아마존에서 만났을 때보다 훨씬 더 차갑게 그를 맞을 것이다. 그는 결국 아무것도 이해하지 못한 걸까? 트리스탄의 감정은 이제 더 이상 포착되지 않았다. 그러나 나는 그녀를 알고 있다. 그녀는 그가 자기를 따라 죽기를 원치 않는다. 그녀가 원하는 것은 그가 두 사람을 위해 살아가는 것이었다. 그에게는 계속 써가야 할 작품이, 복수해줘야 할 숲이, 찾아야 할 아들이 있었다.

그는 발코니로 통하는 문을 열고 밖으로 나갔다. 발코니는 젊은 마로니에나무들과 학교 운동장 쪽으로 나 있었다. 설마 허공을 향해 몸을 날리진 않겠지? 그렇진 않았다. 그는 협죽도 잎을 뜯어냈다. 그것은 이 세상에서 나를 가장 많이 괴롭힌 식물이었다. 메르시에 장군은 토양 배수를 시킨답시고 내 옆에 협죽도를 심었다. 협죽도는 뿌리에서부터 잎과 꽃가루에 이르기까지(벌들의 본의 아닌 공모 덕분에 내 꽃은 협죽도 꽃가루에 중독당했다), 나무 전체에 독성이 함유되어 있다. 다행스럽게도 그후 초가집의 주인이 된 이들이 그 지저분한 식물을 다 뽑아냈다. 트리스탄이 왜 이 나무를 베란다에 심었는지 이유를 모르겠다.

야니스는 부엌으로 가서 협죽도 잎을 자르더니 잔에 집어넣은 후 뜨거운 물을 부었다. 안 돼! 그래선 안 돼…… 우리가 함께한 시간들을 생각한다면, 식물을 이용해 자살해선 안 돼. 이치에 맞지 않는 행동이고, 배신이니까. 나는 그의 이 같은 행동을 절대 지지할 수 없었다. 미래가 어찌 될지는 나도 모른다. 하지만 그의 삶이 끝나지 않았다는 건 안다. 내가 쓰러졌던 그 사건을 중심으로 한 이야기 속에서, 나를 늘 깨어 있게 하는 그 사랑에서, 그의 역할이 이제 막 시작되었다는 건 안다. 그러나 이제는 내가 깨어 있는 것만으로는 충분치 않다. 그는 스스로 목숨을 끊으려 하고 있다. 그는 나의 마지막 중계자다. 그가 없으면 나도 사라질 것이다.

야니스는 사무용 책상에 앉았다. 트리스탄의 나무에 조각된 눈을 응시하며, 그는 잔을 입가로 가져갔다. 나는 있는 힘을 다해 외부세계와 공감하고 상호작용하며 구원을 요청했다. 그가 결심한 바를 멈추게 할 사건이나 돌발적인 일이나 사고를 일으켜달라고 애원했다. 그가 돌이킬 수 없는 일을 저지르는 순간, 나도 행동으로 옮길 생각이었다. 그의 절망이 내뿜는 에너지가 내 격렬한 슬픔과 합쳐지기를, 지금 이 순간의 현실을 거부하는 우리의 마음이 하나가 되어 사태의 흐름에 맞서기를……

전화벨이 울렸다. 그가 소스라치게 놀랐다. 내 덕분인지, 아니면 우연인지는 모르겠지만, 그는 잔을 내려놓고 수화기를 들었다. 란 가족의 변호사였다. 그녀는 그에게 조의를 표한 다음, 트리스탄의 권리 승계자들이 그가 무상으로 머무르고 있는 아틀리에를 월말까지 비워주기를 바란다고 말했다.

"그렇게 하지요." 야니스는 수화기를 내려놓았다.

그의 손이 협죽도가 들어 있는 잔을 다시 들었다. 그는 아무 충격도 받지 않았다. 어린 여동생이 아직 무명의 예술가였을 때 그녀의 입양을 무효화하려고 했던 그 인간들이, 이제 그녀의 사망 소식을 듣자마자 그녀의 유산을 차지하려고 달려들고 있었다. 그것이 인간의 본성이다. 그뿐이다.

전화벨이 또 울렸다. 그는 망설이며 전화벨이 다섯 번 울릴 때까지 내버려두다가 결국 받았다.

"자, 야니스, 어느 정도 진척됐나요? 거의 다 끝났을 것 같은데."

빈정거리는 듯한 미소가 그의 입술에 저절로 떠올랐다. 다들 서로 짜고 이러는 게 틀림없다. 그는 영화 제작자를 안심시켰다.

"잘됐군요! 배급업자와 방송국에 계속 홍보를 하고는 있지만, 그래도 뭔가 구체적인 걸 보여줘야 해요. 좀 읽어볼 수 있을까요?"

"내가 다시 전화할게요, 디미트리."

"아니, 그럴 필요 없어요. 나 지금 아래 와 있으니까. 비밀번호가 뭐죠?"

"지금 내려가겠습니다." 야니스는 서둘렀다.

전화를 끊은 그는 놀람과 의심의 아이러니가 뒤섞인 눈길로 입상을 바라보며 머리를 흔들었다. 어쩌면 트리스탄이 자신의 생각에 동의하지 않는다는 걸 전화를 통해 알린 것인지도 모른다고 일순이나마 생각한 자신에게 놀란 것이었다.

야니스는 한숨을 내쉬며 점퍼를 걸치고 부츠를 신었다. 삶은 유예되었다. 그러나 그걸로는 충분치 않았다. 고삐를 늦춰서는 안 된다. 사건에 영향을 미친다는 느낌이 강해질수록 그의 일에 개입하고자 하는 나의 욕구도 더 커질 것이다.

층계참에서 야니스는 이웃집 여자와 마주쳤다. 반듯하게 깎아 둥근 공 모양으로 다듬은 회양목처럼 생긴 그녀는 A. G.에 참석할 거냐고 야니스에게 물었다. 그는 시간이 약간 흐른 뒤에야 그녀가 하는 말을 알아들었다.

"화요일 총회 말예요."

"알았습니다, 부인."

그녀가 경멸하듯 그를 아래위로 훑어보았다. 그녀가 교활한 미소를 짓자 그녀의 입술이 낫의 날처럼 길게 늘어졌다.

"의제가 뭔지는 읽어보셨나요? 물론 당신이랑 함께 사는 여자분에게 위임장을 써달라고 할 수는 있겠지만, 그런다고 해서 투표 결과가 바뀌지는 않을 거예요."

"무슨 투표 말인가요?" 그가 엘리베이터 문을 열어주며 물었다.

"공유 면적을 차지하고 있는 당신 아틀리에의 유리벽을 허무는 것에 관한 투표예요. 우리는 한 명도 빠짐없이 다 참석해서 찬성표를 던질 거예요."

야니스는 엘리베이터 문을 닫아준 다음, 계단으로 내려갔다. 정문 앞에서 가죽 파카를 걸친 키 큰 러시아 인이 그를 포옹했다.

"자, 우리 작가님. 인생은 아름답지요?"

아무도 뉴스에 귀를 기울이지 않았든가, 아니면 뉴스에서 이미 다른 이야기를 하고 있는 모양이었다. 영화 제작자는 야니스와 함께 자신의 리무진 뒷좌석에 올라탔다. 차가 출발했다.

후드가 어깨까지 헐렁하게 내려오는 옷을 걸치고 스포츠 배낭을 맨 한 청년이 인도人道에서 멀어져가는 자동차를 바라보고 있었다. 청년은 건물에서 나오는 뤼피노 부인 쪽으로 몸을 돌렸다. 그는 그녀가 거리를 향해 등을 돌리자마자 문이 닫히기 전에 뛰어가 문 사이로 슬그머니 발을 집어넣었다.

나는 이 사건들 속에서 연속된 파동을 느꼈다. 정말로 내가 이런 반응들을 불러온 것일까? 정말로 내가 야니스를 혼란에 빠뜨려 원래 하려던 일을 단념시킨 걸까?

계단참에서 청년의 모습에 다시 주의를 돌리려는데, 내 삶에서 만난 최초의 작가의 모습이 그 위에 겹쳐져 나타났다. 큰 가뭄이 들었던 해였다. 나는 그가 펜으로 마지막 12음절의 시구를 새겨넣은 그 날짜를 내 껍질에 오래도록 간직했다. 1782년 7월 21일. 나는 물 부족에 대비하기 위해 칼슘과 단백질 원자를 생성하던 중이었다. 잎들은 얇아져야 했고, 새로 돋아난 싹들은 휴면해야 했고, 뿌리는 길게 뻗어야 했다…… 시인 미롱트는 내게 물을 주는 대신, 내 가지 아래서 영감을 길어올렸다. 자작나무 꽃가루를 바른 듯 얼굴에 분칠을 한 채 비장한 표정을 짓고 있는 그는 숯처럼 검게 칠한 두 눈 아래 장미 꽃부리 같은 두 뺨을 과시하며 눈물을 쏟았다. 그러자 눈물이 검은 자국을 남기며 흘러내렸고, 분칠이 벗겨져 그의 주름살이 드러났다. 「사랑의 배나무」라는 시를 쓴 이 시인은 자신이 시의 운을 찾는 동안, 그의 뮤즈였던 여인이 성에서 다른 남자와 바람을 피우고 있다는 소식을 이제 막 전해들은 참이었다. 그는 내 몸통에 날짜를 새기고는 동맥을 끊었다.

나는 적합한 페르몬을 뿜어내 기생생물의 천적들을 유인할 때 그랬듯, 내 모든 기관을 동원해 도와달라고 있는 힘껏 외쳤다. 보통은 방어를 위한 반사반응을 통해 저절로 이루어지는 과정이었으나, 성장이나 생식, 혹은 경계심이 아닌 다른 본능이 내게 이 같은 연쇄반응을 불러일으킨 것은 그때가 처음이었다. 그것은 타자他者의 생존 본능이었다.

나의 구원 요청은 아무런 응답도 받지 못했다. 그것에 필요한 기능이 내게 갖춰져 있지 않았기 때문이었다. 칼슘으로도, 단백질로도, 호르몬으로도 인간들에게 연대의 메시지를 널리 전할 방도가 없었다. 결국 아무도 시인을 구하러 오지 않았다. 그는 내가 뿌리박고 있는 땅에 피를 쏟았고, 내 뿌리는 그걸 마셨다. 내게서 영감을 얻은 두번째 작가의 자살을 막으려는 힘은 바로 그때 그 실패의 상처에서 얻어낸 것일까?

나는 다시 야니스에게 집중하려고 애썼다. 하지만 쉽지 않았다. 미롱트에 대한 기억을 떠올리다보니 아틀리에를 향해 살금살금 올라가고 있는 낯선 청년의 움직임에 나도 모르게 관심이 갔다. 나는 청년의 생각에 접속했다. 그는 트리스탄의 죽음에 대해 알고 있었다. 그와 한동네에 살며 아래층 식품점에서 일하는 누군가가 6층인 트리스탄의 집에 광천수 상자를 배달한 적이 있었는데, 그때 그녀의 조각품들이 얼마나 비싼지 라디오에서 들었던 것이다.

그는 무슨 도구를 자물쇠 안에 밀어넣더니 단 십 초 만에 문을 열었다. 그리고 문을 닫은 다음 장갑을 끼고 방 안을 한 바퀴 돌며 스포츠 배낭을 가득 채웠다. 그가 받은 주문은 정확했다. 높이 오십 센티미터를 넘지 않는 소품만 챙길 것. 미크란다 나무로 만든 아마존 원주민 두상들, 오쿠메 목으로 만든 아프리카 전사들, 책상 서랍에 들어 있는 현금.

그는 내 나무로 만든 입상 앞에서 걸음을 멈췄다. 그리고 망설였다. 나는 그의 리스트에 들어 있지 않았다. 그러나 그는 나무에 조각된 트리스탄의 유쾌한 관능미에 마음이 흔들렸다. 원래 그는 여자들을 좋아하지 않았다. 그리고 진짜 도둑도 아니었다. 그들이 그에게 기술을 가르쳐준 것뿐이었다. 그는 그들에게 자신이 남자임을 증명해 보여야 했다. 안 그러면 그들은 그가 사는 도시의 축구팀에 그를 끼워주지 않을 터였다.

청년에게서 풍기는 이미지는 보기 드물게 투명했다. 겉으로 보기에 그는 구김살이 없었다. 모든 건 감춰지고 묻히고 억압돼 있었다. 그 누구도 원하지 않는 불가능한 사랑, 강렬한 충동. 맞기만 했을 뿐 단 한 번도 써보지 못한 주먹, 혼자라서 자신을 방어할 수 없다는 수치심, 모욕, 배신…… 하지만 그 모든 것에도 불구하고 마음속 깊은 곳에는 희망, 수동적 에너지, 동면중인 꿈, 때를 기다리고 있는 힘이 남아 있었다.

나는 그런 부류의 인간을 한 번도 만난 적이 없었다. 그의 장갑이 내 나무를 움켜잡았을 때 나는 환희와 흡사한 무언가를 느꼈다. 그렇다, 나는 문득 새로운 것을 갈망했다. 나의 이야기가 계속되기를 갈망했다. 누군가가 나를 훔쳐가주기를 갈망했다. 그의 것이 되기를 갈망했다.

"카라스 씨 계세요?"

누군가 문을 밀고 들어왔다. 뤼피노 부인이었다. 그녀는 말을 계속하며 안으로 들어왔다. 말투가 조금 전과 달랐다.

"방금 빵집에서 들었어요. 공유 면적은 공유 면적이고, 심심한 조의를 표……"

어깨에 배낭을 메고 나를 두 손에 든 채 표정이 굳어진 청년을 본 순간, 그녀가 손에 들고 있던 바게트 빵이 스르르 미끄러져 내렸다. 그는 문을 향해 달렸다. 그녀는 순식간에 살충제처럼 생긴 것을 꺼내 뿌리며 문을 막아섰다.

"그거 내려놔! 두 손 들어!"

두건이 흘러내리자 청년이 팔로 눈을 가렸다. 그녀는 살충제를 더 세차게 뿌리며 소리쳤다.

"이거나 처먹어라, 더러운 아랍 놈 같으니! 두 손 들라고 했잖아! 무릎 꿇어!"

나는 그녀의 머릿속을 들여다보았다. 그녀는 이미 길거리에서 세 차례나 공격을 당한 적이 있었다. 청년은 다른 사람들 대신 대가를 치르게 될 판이었다.

"기분이 어때, 응?"

앞이 안 보이고 눈이 따가워진 그는 이를 악물며 반사적으로 나를 휘둘러댔다. 뤼피노 부인은 받침돌에 머리를 맞았다. 스프레이가 그녀의 손에서 떨어졌다. 그녀는 비틀거리다가 포플러나무처럼 뻣뻣하게 바닥으로 쓰러졌다.

뤼피노 부인은 양탄자에 비스듬히 누운 채 더 이상 움직이지 않았다. 그는 얼빠진 표정으로 숨을 고르며 몸을 숙여 그녀를 들여다보았다.

"부인…… 이런 젠장…… 부인, 대답해봐요…… 괜찮아요?"

그는 장갑 낀 손으로 그녀의 어깨를 흔들어보았다. 여자는 축 늘어져 꼼짝도 하지 않았다. 목구멍 저 깊숙한 곳에서 올라오려는 고함을 억누른 채 다시 몸을 일으킨 그는 내 나무에 피가 배어 있는 걸 보고는, 입상을 배낭에 집어넣은 다음 그곳을 황급히 빠져나갔다. 나는 본능적으로 그를 따라가려 했으나 그럴 수가 없었다. 내가 그곳을 떠나지 못하도록 어떤 힘이 나를 붙들고 있었다. 그리고, 배경이 바뀌었다. 이제 나는 그 노파가 냉대한 가족들과 함께 있다. 모두 처음 보는 사람들이다. 장례식이다. 그녀는 지금보다 덜 늙었다. 그리고 이제는 그때보다 훨씬 더 젊다. 그녀는 결혼식을 올리고 있다. 그녀가 걸어가다가 길 위에서 공격당한다. 그녀는 다시 늙은 모습이다. 그녀는 유리벽을 허물지 말지를 결정하는 투표에 찬성표를 던진다. 그녀는 자기 아이들을 구박하고, 도움을 거절하고, 훈계를 늘어놓는다. 그녀는 어린 소녀가 되어 학교의 한 구석에서 벌을 받는다.

하지만 그녀의 삶을 이처럼 무질서하게 재현해봤자 무슨 소용인가? 나는 범죄도구일 뿐이다. 그건 내 잘못이 아니다. 일단, 살인은 일어나지 않았다. 그녀는 혼수상태에 빠졌을 뿐이다. 란 박사가 주인이었을 때 내 가지에서 떨어졌던 가지 치는 남자처럼. 차라리 그녀가 죽으면 좋으련만! 그녀가 나를 놓아주면 좋으련만! 다시 내 입상을 만날 수 있으면 좋으련만!

뤼피노 부인의 머릿속은 지옥이나 다름없었다. 그녀는 온갖 결점이란 결점은 빠짐없이 갖고 있으면서도 자신은 진실하고 선하고 정의롭게 살고 있다고 확신했다. 자신은 항상 옳고, 다른 사람들은 형편없고, 모두가 자신을 부러워하고 있다고 생각했다. 반면 그녀는 자기 자신에 대해서는 일절 의혹이라는 걸 품어본 적이 없었다. 우둔함, 악의, 거리낄 것 없는 양심…… 그녀가 일말이나마 인간성을 보여준 유일한 순간은 그녀의 머릿속을 뱅글뱅글 돌고 있는, 공격당했던 세 차례의 순간이다. 그녀의 핸드백, 휴대전화기, 진주 목걸이 때문에.

그런데 나는 그녀의 머리에 박힌 나무 조각 때문에 계속 뤼피노 부인의 생각에 매여 있어야 하나? 제가 더는 이 가혹한 형벌을 받지 않게 해주소서, 제발…… 나는 기도했다. 그래서 내게 무슨 일이 일어났을까? 내가 인간들과 접촉하는 동안 하는 수 없이 따라야 했던 여러 신들은 그동안 인간이 얼마나 하찮고 유해한 존재인가를 증명해주었다. 그들 가운데 유일한 창조적 힘, 그것은 삶이요, 인생을 합당하게 설계하고 사랑하는 지성이다. 이 여자의 편협한 자아 속에서 내가 할 수 있는 건 아무것도 없다. 나의 신이시여, 당신이 어떤 분이든 간에 간절히 바라오니, 나를 버리지 마소서.

재생

La renaissance

■

엘리베이터에서 나오던 야니스는 얼어붙었다. 층계참을 지나가는 들것을 보며 그의 머릿속에 처음 떠오른 생각은 유리벽을 뜯어내자는 투표에 찬성할 사람이 한 명 줄었다는 것이었다. 그러다가 그는 아틀리에 문이 열려 있는 걸 보고 황급히 달려갔다. 경찰 제복을 입은 젊은 여자가 탈의실에서 앞을 가로막고 나섰다.

"들어갈 수 없습니다."

"하지만…… 여긴 우리 집인데요. 그러니까 나와 함께 살던 여자의 집이라고요."

젊은 여자가 눈썹을 찌푸리며 그를 쳐다보았다. 두 사람의 나이 차가 상당하다고 놀란 듯했다. 그는 오해를 풀기 위해 트리스탄과 아마존, 쿠데타 이야기를 했다. 그녀는 뉴스에서 그 비극에 대해 들었다고 말하더니 호의적인 표정으로 그를 안심시켰다. 그는 그녀에게 감사를 표했다. 그녀는 트리스탄이 예루살렘 올리브 산에서 조각한 〈평화의 나무〉를 좋아한다고 말했다. 그는 그녀의 말에 맞장구치면서 그 작품의 기원에 대해 이야기해주었다. 쓰러진 이웃집 여자의 형태대로 백묵으로 그려놓은 그림에서 삼십 센티미터쯤 떨어진 곳에서 이루어진 이 대화는 꼭 전시회 파티에서 오가는 환담 같았다.

"괜찮으세요, 선생님?"

야니스는 이를 악물며 미소 속에서 불안을 흩어버리려 애썼다. 나는 그의 생각을 원래의 상태로 회복시켜주었다는 데서 느껴지는 즐거움을 전파시키려고 애쓰며 최대한 그를 도왔다.

그녀가 다시 한번 물었다.

"괜찮으세요?"

"괜찮아질 겁니다."

과연 그럴까. 그는 확신할 수 없었다. 그렇지만 괜찮아지리라는 생각을 받아들이기로 했다. 가늘고 기다란 그녀의 눈은 초록색이었고, 밤색 머리칼은 짧았고, 제복 아래 숨겨진 몸매는 망을 보는 암사슴을 연상시켰다. 야니스는 삶에 대한 의욕을 단숨에 되찾았고, 여자가 자기에게 관심을 보이는 데서 느껴지는 즐거움을 몇 달 만에 발견했다. 다시 태어난 듯한 기분이었다. 믿기 힘든 일이 일어난 것이다.

그들은 오랫동안 시선을 교환했다. 그러다가 그녀가 먼저 냉정을 되찾고는, 도둑맞은 게 없느냐고 물었다. 그는 입상이 없어진 걸 발견했다. 그 징후에(만약 그런 게 존재한다면) 그는 동요했다. 그녀는 입상의 특징을 기록했다. 내 나무와 조각의 형태에 대해 묘사하던 그는 다소 헐렁해 보이는 제복 아래로 드러나 보이는 여자의 몸매에 감탄했다.

"오드리, 그분께 희생자에 대해 물어봤나?" 안경을 쓴 그녀의 동료가 물었다.

"6층 왼쪽에 사는 뤼피노 부인이에요." 야니스는 오드리에게 눈을 떼지 않으며 그렇게만 대답했다.

문득 그는 자신이 부끄럽게 느껴졌다. 삶을 마감하려는 순간에 이렇게 욕망을 드러내다니. 이제는 그 무엇도 그를 붙잡지 않았다. 방금 영화 제작 계획을 중단시키고 온 터였다. 그는 제작자에게 시나리오를 단 한 줄도 쓰지 못했노라고 고백하고는, 선금을 돌려주겠다면서 잔고도 없는데 수표를 써주었다. 그리고 지금은 아무 일도 없었다는 듯 여자 경찰 앞에서 성적 흥분을 느끼고 있는 것이다.

야니스는 식탁에 놓여 있는 협죽도 차 쪽으로 고개를 돌렸다. 그리고 현실을 직시하기 시작했다. 그는 방금 일 년 전 자신을 버린 여인을 저세상으로 떠나보낸 것이다. 그 짐이 얼마나 무거울지는 오직 그 자신에게 달려 있었다. 무얼 어떻게 해야 그녀가 좋아할지는 오로지 그가 상상하는 대로일 것이다. 그냥 그녀의 기억에 매달리느냐, 아니면 그녀의 마지막 뜻일지도 모를 그것, 즉 출국장에서 그녀가 그의 호주머니에 슬그머니 집어넣은 편지에 씌어 있는 말(계속해서 여자들을 사랑해요. 그건 당신의 길이니까…… 나와의 사랑 때문에 당신 육체를 괴롭히지는 마요. 변함없는 사랑과 에고이즘을 혼동하지 마요. 어린 마농들은 얼마든지 존재할 테니 그들을 도와줘요. 그들을 가르쳐줘요. 난 그들 한 사람 한 사람 속에 깃들어 있을 거예요. 당신이 원한다면.)대로 하느냐.

오드리가 눈을 들었다. 그는 그녀의 결혼반지를 보고 있었다. 반사적으로 손을 호주머니에 찔러넣은 그녀는 얼굴이 달아오르는 걸 느끼며 야니스의 입술에 떠오른 너그러운 미소를 받아들였다.

"신고는 누가 했나요?" 심적 동요를 진정시키기 위해 야니스가 물었다.

"건물 관리인이요. 도둑이 나가는 걸 보기는 했는데 제대로 기억을 못 해서 인상착의가 확실치 않아요. 조깅복에 두건을 쓰고 면으로 된 배낭을 멨다는데…… 아무것도 만지시면 안 돼요. 감식반이 와서 지문 채취를 할 테니까요."

그는 협죽도가 들어 있는 잔 쪽으로 가려다 그만두었다. 잔의 내용물은 나중에 버리기로 했다. "이 서류들은 선생님이 불태우신 건가요?" 부엌에서 다른 경찰이 물었다.

두 남자 경찰이 그에게 다가왔다. 야니스는 그렇다고 대답했다. 오드리가 개수대에 있는 재를, 그중에서도 불에 탄 종이들 중 남은 부분을 유심히 살펴보더니 어떻게 된 것인지 눈으로 물었다.

"난 작가예요. 그러니까…… 글을 쓰죠."

그녀는 그 말의 뉘앙스를 이해한다는 듯 머리를 끄덕이고는 사무적인 투로 말했다.

"경찰서에 가서 조서에 서명하셔야 해요."

"기꺼이 그러지요. 옷 갈아입고 나올게요." 야니스는 목소리에 감정을 담지 않으려고 최대한 애쓰며 대답했다.

"그렇게 서두르지 않으셔도 돼요." 오드리가 다시 말했지만, 야니스는 벌써 복도에 가 있었다.

"난 여기 남아서 감식반이 올 때까지 기다릴게." 그녀의 동료가 기운 없는 목소리로 말했다.

층계참에서 그녀는 야니스에게 열쇠업자를 부르라고 충고했다. 그는 알았다고 대답하고 계단으로 향하는 그녀를 바라보았다.

"엘리베이터 안 타요?"

"네. 오늘이 안식일이라서요. 선생님은 그냥 엘리베이터 타고 가세요."

그는 그녀의 종교에 대한 호기심을 억누른 채 아무 말 없이 그녀와 함께 계단으로 내려갔다. 은둔한 채 열정을 쏟느라 오랫동안 억압되어 있던 그의 바람둥이 본능이 저절로 깨어났다.

나는 오드리의 눈을 통해 그의 오래된 매력을 보았다. 구름 한 점뿐인 가을하늘을 연상시키는 눈, 겨울의 헐벗은 포도나무 덩굴처럼 뒤엉켜 있는 희끗희끗한 긴 머리칼. 다시 푸르러지기만을 바라는 황량한 풍경이 풍기는 매혹이었다.

나는 안심했다. 이제 나는 그에게 전혀 아무 도움도 안 될 터였다. 그가 나를 잊도록, 그리고 트리스탄이 영면하게 놔두도록 해야 한다.

"지금은 뭐에 대해 쓰세요?"

오드리가 5층과 4층 사이에서 물었다.

그는 순간 망설이다가 아주 자연스럽게 내 삶의 한 대목에서 답을 구했다.

"드레퓌스 사건에 대해 쓰고 있어요." 그는 마음을 파고드는 어조로 대답했다.

약간의 아쉬움은 남았지만 나는 후회 없이 내 입상으로 돌아갔다.

절친한 친구
Le confident

■

나는 지금 지하실 안쪽의 환풍용 파이프 속에 누워 있다. 가끔씩 라픽은 나를 이곳에서 끄집어내어 자기 사는 이야기를 들려주거나, 나를 자신이 짠 계획이나 자신이 빠진 딜레마의 증인으로 삼기도 한다. 훔쳐온 물건이 속내 이야기를 털어놓을 수 있는 친한 친구가 돼버린 것이다.

그는 뤼피노 부인처럼, 그리고 결국은 그녀 덕분에 완전히 달라졌다. 혼수상태에서 깨어난 뤼피노 부인은 이제 예전의 그녀가 아니었다. 온화하고 차분하고 친절해졌다. 뇌가 돌이킬 수 없는 손상을 입었습니다, 의사는 그녀의 자식들에게 말했다. 그들에게 그것은 최선의 결과였다. 이제 그 자식들은 원한을 품고 그들을 파멸시키기 위해 악착을 떠는 이기주의자 대신 상냥한 어머니를 돌볼 수 있게 된 것이다.

라픽 역시 자신의 희생자가 살아나기를 간절하게 바랐기 때문에, 그 소원이 이루어진 뒤로는 사람이 완전히 달라졌다. 그렇다고 해서 다시 신자가 된 건 아니었다. 그는 이곳에서 '형제들'이 알라신의 이미지를 실추시킨 것을 몹시 부끄럽게 생각했다. 하지만 그는 자기가 누군가에게(그게 누구인지는 그 자신도 몰랐다) 은혜를 입고 있다고 느꼈다. 그래서 회의懷疑하는 가운데서도 타인을 위해 헌신했다. 그는 무신론자, 예술가, 실업자 신세는 면했으나 갈취당하는 이들, 동성애자, 머릿수건을 쓰지 않는 여성들, 축구를 싫어하는 사람 등등, 자신이 사는 도시의 소수자들을 위한 단체를 만들었다. 그들은 연주회와 연극, 사진 전시회를 열고, 파리에 있는 박물관들에 가고, 마약 밀매자들로부터 아이들을 보호하고, 거리 정비를 요구하는 시위를 벌였다.

인간을 사랑하는 인간을 사랑하지 않는 듯 보이는 신의 이름으로 식구들에게 구박당하고 페스트 환자처럼 따돌림을 당하던 라픽은 한 달이 지나고 두 달이 지나자 존경받는 사람이 되었다. 그는 세미나를 열고, 언론과 공권력의 관심을 환기시키고, 아이디어를 제공하고, 융자를 받고, 범죄가 궁지에서 벗어나는 유일한 수단이 아님을 자신을 괴롭히던 자들과 그들의 먹이가 될 가능성이 다분한 이들에게 보여주었다.

그러나 마음속 깊은 곳에서 그는 다른 데 가 있었다. 그가 개과천선한 것은 부자가 될 수도 있을지 모른다는 기대 때문이었다. 그는 미래의 삶을 준비했다. 인테리어 잡지와 사치품 광고들을 읽으며 자신을 계발했다. 자신을 기다리고 있는 운명에 걸맞은 사람이 되기 위해 취향을 형성하고 성격을 가다듬었다. 지금까지 그는 자신을 억눌러왔다. 그가 남몰래 좋아했던, 회교도로 개종한 밝은 금발의 청년 다미앵은 얼마 전에 G 블록의 이맘*인 물루드의 여동생과 약혼했다. 그녀를 사랑해서가 아니었다. '형제들'이 그가 만든 비디오게임에 투자해주지 않을까 하는 희망 때문이었다. 하지만…… 라픽은 내게 마음을 열고 자신의 슬픔과 고독을 털어놓았다. 트리스탄이 만든 입상이 이제는 곁에 없는, 다시는 그가 가지지 못할 어머니를 빼다 박기라도 한 듯이.

나는 우리의 관계가 마음에 든다. 대개는 조심스럽게, 때로는 좀 거칠게 나를 어루만지는 그의 손길이 좋다. 나는 그가 접근할 수 없는 여성성인 동시에, 그의 미래에 대한 보장이다. 그는 뉴스를 통해 나를 조각한 이가 죽은 뒤로 내 가격이 50만 유로를 호

---

* 회교 사원의 사제.

가한다는 사실을 알게 되었다. 때가 되면 그는 두바이 쪽과 거액의 거래를 하는 바시르의 친구에게 나를 공식가의 3분의 1에 팔아넘길 수 있을 것이다.

그의 생각이 전부 다 이해된 건 아니었다. 그가 내게 보내는 이미지들은 너무 새로웠다. 하지만 그가 나를 놓아둔 어두컴컴한 파이프 속에서 나의 시야는 넓어져갔다. 내 주변에는 이슬람적인 것이 존재한 적이 없었다. 나는 알라라는 신에 대해, 기독교인들이 아랍인들을 죽이기 위해 만들어낸 십자군의 신을 대신하기 시작한 듯 보이는 그 신(눈에는 눈, 신에는 신이니까)에 대해 아는 것이 거의 없었다. 그들에겐 별로 문제될 게 없는 일이리라. 나는 망각이라는 미명하에 행해진 인간의 학살을 너무나 많이 보았다. 지구는 스스로를 제어하고, 땅은 피를 마시고, 나무들은 그대로 머무른다. 종교라는 말이 지성이라는 말과 같은 유래를 갖고 있다는 사실을 우리 말고 누가 기억하겠는가? 관계를 만들어내고, 다양한 삶의 형태들이 상호작용을 하도록 강조하는 것……

뿌리 내린 땅 밑 깊은 곳에서 나는 세상이 제대로 돌아가지 않고 있으며, 날이 갈수록 인간 존재들이 점점 더 큰 죄를 저지르고, 그리고 그들이 '자연'이라고 부르는 것이 엄청난 반전을 준비하고 있다는 걸 느꼈다. 그러나 이제 나는 더 이상 거기에 개입할 수가 없었다.

*

나의 부재는 점점 더 길어졌다. 라픽은 행복하거나 바쁜 것 같았다. 그가 내게 속내를 털어놓는 일도 점점 더 뜸해졌다. 야니스도 별로 다르지 않았다. 그는 오드리 때문에 나를 생각할 시간이 없었다. 그가 그녀의 마음을 혼란스럽게 만든 만큼, 그녀도 그의 뇌리에서 떠나지 않았다. 그를 본 순간 느낀 매혹은 그녀의 모든 기준을 뒤흔들어놓았고, 그녀가 중요하게 생각했던 모든 것을 다시 생각하게 만들었다. 지금까지는 경찰관이라는 신분, 랍비의 딸이자 판사의 아내라는 위치, 두 아이 등 모든 것이 안정과 행복을 보장해주었다. 하지만 이제는 그녀의 보호막 중 어느 하나도 작동하지 않았다.

하지만 야니스가 오드리를 그녀를 침대로 끌어들이는 데는 여섯 달이라는 시간이 걸렸다. 그 여섯 달 동안 그는 계단에서 한 거짓말을 뒷받침하기 위해 드레퓌스 사건에 관한 모든 군사 문서와 목록에서 빠진 비밀문서들을 열람했다. 처음에는 그냥 바람둥이의 반사적 본능에 따라 집필중이라고 한 책을 이제는 정말로 쓰기 시작한 것이었다.

실제로 야니스는 한 여자와 함께, 그리고 한 여자를 위해 책을 쓰고 싶어졌다. 조합되는 문장들을, 소리와 이미지를, 겉으로는 보이지 않는 감정에 의해 창조되는 하나의 세계를 높은 목소리로 공유하고 싶었다. 암중모색과 격정적인 내레이션을 충동과, 향기로운 포옹과 결합시키고 싶었다. 쾌감을 스타일과 결합하고, 창조와 즐거움을 뒤섞고 싶었다. 트리스탄의 부재가 가혹하게 느껴졌다. 종이 앞에 앉아 있을 때나 마음속 깊은 곳에서나. 그녀가 없으니 글쓰기는 더 이상 아무런 의미도 가지지 못했고, 문학적 목표가 결핍된 섹스는 해도 그만 안 해도 그만인 체조에 불과했다.

그런데 오드리와 함께 있으니 욕망 속에서 단어들이 또다시 득실거리는 게 느껴졌다. 그는 드레퓌스 대위의 전기가 어느 배나무의 회고록만큼이나 성욕을 불러일으키기를 진심으로 바랐다. 그리고 이렇게 해서 나는 그의 생각 속으로 돌아갔다.

나를 프랑스의 주목할 만한 나무들의 목록에 올리기 위해 문서를 준비하던 시절, 야니스는 마을의 한 여인숙 여주인에 관한 이야기를 메모한 적이 있었다. 그녀는 자기 할아버지 할머니가 영광스럽게도 1921년 드레퓌스가 복권된 후, 그에게 양고기 튀김요리를 대접했다고 말했다. 늙은 드레퓌스는 어느 일요일, 가족과 함께 점심을 먹으러 그곳에 왔다. 우연이었을까, 아니면 미리 계획된 외출이었을까? 그는 전임 전쟁부 장관이 거기서 멀지 않은 친척 집에 머무르고 있다는 사실을 알게 되었다. 치즈를 먹고 난 후, 그는 가족들 곁을 한 시간 동안 떠나 있었다. 여인숙 주인 이야기에 따르면, 다시 나타난 그는 큰 충격을 받은 모습이었지만 아무 말도 하지 않았다고 한다. 그는 식사비를 지불하고 가족들과 함께 떠났다.

야니스는 몇 주에 걸쳐 그 미지의 시간을 재구성했다. 그는 상상하고, 일반화하고, 곰곰이 생각하고, 자료를 수집하다 절망했다. 그러던 어느 날 아침, 잠에서 깨어난 그가 내 목소리에 귀를 기울였다. 내게 발언권을 돌려준 것이었다.

접붙이기
La greffe

■

날씨가 화창했다. 봄이 시작되었다. 메르시에 장군은 나를 베어낼 준비를 하고 있었다. 장군이 이곳에 머무른 뒤로 그 생각은 강박관념처럼 그의 뇌리를 떠나지 않았다.

문이 삐거덕거리는 소리에 장군이 고개를 돌렸다. 누군가가 이쪽을 향해 걸어오고 있었다. 늙고 마르고 안경을 쓴, 등이 굽은 남자는 털목도리에 철 지난 외투를 입고 있었다.

"안녕하세요, 장군님."

"안녕하시오. 그런데 우리가 서로 아는 사이이던가요?" 일요일의 정원사가 놀란 표정으로 물었다.

"드레퓌스입니다."

오귀스트 메르시에가 얼굴에 경련을 일으키더니 턱을 쳐들었다. 그의 나이 여든여덟 살이었다. 어쨌든 그의 양심은 거리낄 것이 없었다.

"알프레드…… 드레퓌스?"

장군은 자기보다 더 늙어 보이는 이 육십대 남자의 쇠잔한 모습이 도저히 믿기지 않는다는 듯 겨우 그렇게만 묻고 말았다.

"군대식으로 '예, 그렇습니다!'라고 대답하지는 않겠습니다, 장군님. 맞습니다. 알프레드 드레퓌스입니다. 걱정 마세요. 그냥 한번 들른 것뿐이니까요."

"내가 뭘 걱정한다는 건가?" 작업복 차림의 장군은 화난 표정을 지었다. "자네는 자네가 원하던 걸 손에 넣었잖나, 안 그런가?"

침묵이 나의 주변에 자리 잡았다. 메르시에는 하던 일로 돌아가 내 가지 하나를 톱으로 마저 잘라냈다. 방문객이 무표정한 얼굴로 꼼짝도 않자 잠시 후, 장군은 더 자세히 설명했다.

"자네는 오 년 전 강등된 바로 그 앵발리드 연병장에서 원래의 계급장을 다시 달았지. 그리고 법원에 의해 복권되고, 뱅센 포병 지휘부 중대장으로 진급했고, 레지옹도뇌르 훈장을 추서받은 장교가 되었고, 지금은 2천3백5십 프랑의 연금을 받고 있잖나……? 이 모든 게 자네 기대 이상이 아닌가? 이런 대우를 받고도 프랑스가 배은망덕하다고 말할 사람은 없을 걸세. 그래도…… 자네 아들에 대해서는 조의를 표하는 바일세."

"아들이 아니고 조카입니다." 드레퓌스가 뻣뻣한 목소리로 대답했다. "전선에서 전사한 건 조카 에밀이었습니다, 장군님."

"아, 그렇군. 그래도 내 기억력이 상당히 괜찮은 편인데. 안 그러면 사람들이 날 속여 넘길 테니까. 그런데 이번 전쟁은 어떤가, 소령?"

"중령입니다."

"예비역으로 동원되지 않았던가?" 전직 장관이었던 장군이 내 껍질을 오 센티미터가량 절개하며 말했다. "보아하니 베르됭에서 자네 부대는 자네를 영웅으로 대접한 것 같던데. 이번 사건의 영웅으로. 눈부신 전과를 올릴 필요조차 없었던 거지. 자, 내 탁 털어놓고 얘기하건대, 자네는 오랫동안 근무 부적격 상태였는데도 나보다 빠른 속도로 진급했어."

드레퓌스는 숨을 멈춘 채, 장군이 칼을 내 껍질의 절개된 부분에 놓아둔 채 복부 호주머니에서 접목용 칼을 꺼내는 모습을 바라보았다. 근무 부적격. 악마의 섬으로 끌려가 가로 삼 미터 세로 삼 미터 독방에 감금되어 있었던 그 오 년의 세월을 메르시에는 그렇게 일컫고 있었다. 모욕, 말라리아, 커다란 거미들, 끝없이 이어지는 악몽, 아예 도착하지 않거나 뜯긴 채 줄이 쳐져 지워지고 삭제되어 그의 손에 도달하는 뤼시의 편지……

"자네는 배나무들과 친한가, 드레퓌스?"

장군의 질문에 드레퓌스는 몇 초 만에 다시 현재로 돌아왔다. 그는 몸을 부르르 떨었다. 가족들은 그가 파이프 담배를 피우며 대화를 나누다가도 꼭 그 자리에 없는 사람처럼 동공이 확장되고 눈에 초점을 잃고 멍한 표정을 짓는다고 볼멘소리를 자주 했다.

"배나무요, 장군님?"

"그래, 배나무 말일세." 메르시에는 칼로 내 껍질을 들어올리며 짜증 섞인 목소리로 대답했다. "자네 앞에 있는 게 배나무라네. 접목* 좀 이리 주게."

드레퓌스는 상관의 시선을 따라가다가 풀밭에 놓여 있는 기이하게 생긴 나뭇가지를 집어 건네주었다. 장군은 고맙다고 말하고는, 내가 루이 14세가 가장 좋아하던 빌구테라는 배를 생산할 것인데, 그 배는 라 캥티니가 베르사유 채소밭에서 개발한 품종으로, 세상에서 가장 맛이 좋다고 설명했다. 하지만 지금 내가 생산하는 배는 지독하게 맛이 없었다. 가장 낮은 곳에 있는 접눈의 반대편에 접목을 붙이면서 오귀스트 메르시에는 걱정스러운 표정으로 말을 이었다.

---

* 접붙이기 위해 잘라낸 나무의 눈.

"드레퓌스, 배나무의 문제가 뭔지 아나? 인간들과는 달리 이종 교배를 해야만 혈통을 유지할 수 있다는 걸세. 배나무는 씨로 번식하지만, 그렇게 파종을 해서 성장한 나무에는 심각한 단점이 있거든. 그 씨앗을 담고 있던 열매와 똑같은 열매를 얻을 수가 없다는 거지. 변질되고 퇴화하여 열등한 종의 모든 단점을 보여주는 나무라네. 유감스러운 일이지, 안 그런가?"

"무척이나 유감스러운 일이군요." 드레퓌스는 자기를 유형 보내기 위해 온 프랑스 국민에게 거짓말을 하더니, 그로부터 스물일곱 해가 지난 지금 자기 앞에서 배나무에 대해 강의를 늘어놓는 남자를 경악과 체념이 섞인 표정으로 물끄러미 바라보며 대답했다.

"바로 그래서 우리는 자연에 어긋나는 일을 하게 되는 걸세. 파종에 의해 얻어진 나무를 단순한 중개자로 이용하는 거지. 그걸 개량종이라고 부른다네. 원하는 열매를 얻기 위해 그 나무를 접본*으로 이용하는 거지."

"지금 제 얘기를 하시는 건가요?"

장군은 정신을 집중해 접붙이기를 끝낸 다음 천천히 돌아서더니 눈썹을 찌푸리며 역광을 받고 서 있는 자신의 희생자를 뚫어

* 접붙일 때 그 바탕이 되는 나무.

지게 바라보았다.

“자네가 그렇게 말하다니 재미있군그래. 맞아, 바로 그걸세. 비교할 생각은 조금도 없었네만…… 자네는 개량종이었네, 드레퓌스. 뛰어난 접본이었지. 그리고 프랑스는 나 덕분에 풍성한 과일들을 수확할 수 있었던 걸세.”

수액이 하강하여 땅 속으로 퍼져가듯 방문객의 얼굴에서 핏기가 가셨다.

“어떻게 그런 식으로 말씀하실 수 있습니까, 메르시에 장군님?”

전임 전쟁부 장관이 내 몸에 접목을 삽입하며 미소 짓자, 그의 얄팍한 입술이 길게 늘어났다. “자, 자, 중령, 긴장을 풀게. 역사가 확실하게 보여주지 않았나? 우리 두 사람 덕분에 프랑스는 전쟁에서 이겼네. 접붙이는 사람과 접본 덕분에 말이지. 만일 내가 자네를 매국노로 만들지 않고, 또 나의 작전을 충실히 수행할 능력이 자네에게 없었더라면……”

장군은 껍질을 평평하게 만드는 데 몰두하느라 잠시 입을 다물었다. 알프레드 드레퓌스는 신경질적인 동작으로 둥근 안경을 다시 끌어올리며 그를 계속 지켜보았다.

“고백하시는군요, 장군님. 거짓말했다는 걸 이제야 고백하시는군요.”

"난 아무것도 고백하지 않았네. 그저 설명할 뿐이지. 그러니 그렇게 거만하게 굴지 말게. 자네 같은 유대인이 그렇게 장교 경력을 쌓을 수 있었던 건 다 내 덕분이지. 자넨 사관학교 입학에서부터 참모본부 연수까지 전부 다 내게 빚을 졌단 말이야……"

"전 여든 명 중 9등으로 졸업했습니다." 드레퓌스가 목도리를 움켜쥐며 따지고 들었다. "'우등' 평점을 받았다고요!"

"난 그것 때문에 꽤나 비난받았네! 주요 언론이란 언론은 모두, 본질적으로 무국적자이기 때문에 경우에 따라서는 배신자가 될 수도 있는 유대인들을 참모본부에 배치함으로써 군軍에 좋지 않은 영향을 미쳤다고 나를 비난하고 나섰단 말일세. 자네는 그런 비난의 살아 있는 반증이지, 드레퓌스. 자네는 언제나 유대인이기 이전에 군인이었네. 그래서 자네 임무를 받아들인 거고. 라피아야자수 섬유 좀 이리 주게."

"뭐라고 하셨습니까?"

"거기 땅에 놓여 있는 라피아야자수 섬유 좀 달라니까. 접목을 동여매야 하니까."

드레퓌스는 꼼짝도 하지 않았다. 그저 차가운 눈길로 정원사를 뚫어지게 바라볼 뿐이었다.

"'제 임무'라니, 무슨 임무 말입니까?"

"자네는 처음부터 들어서 알고 있었네. 그리고 받아들였지. 자네가 그걸 보장하지 않았더라면 난 다른 사람을 골랐을 걸세."

"'보장했다'고요? 누가 그걸 보장했다는 겁니까? 그리고 뭘 들어 알고 있었다는 거지요?"

드레퓌스가 눈이 뒤집힐 정도로 격분해 소리쳤다.

"내 말 들어보게, 중령…… 자네는 퇴역을 했고, 나는 석 달 전에 상원의원을 그만두었네. 이제 와서 우리끼리 이런 얘기 해봤자 아무 소용이 없어……"

"무슨 얘기요?"

메르시에가 콧수염을 물어뜯더니 한숨을 내쉬고는 어렵사리 허리를 숙여 둥글게 말아놓은 라피아야자수 섬유를 집어들었다.

"늙는다는 건 서글픈 일이야…… 내 나이가 자네보다 서른 살이나 많은데 자네에게 기억을 상기시켜줘야 한단 말인가?"

몸을 일으킨 그는 긴 한숨을 내쉬고 나서 드레퓌스가 지난 이십칠 년 동안 상상하기를 거부했던, 인정하기를 거부했던 사실을 털어놓기 시작했다.

"1870년 전쟁에서 진 우리가 독일 놈들을 이길 유일한 방법은 프랑스가 120밀리 단구경장 대포를 꾸준히 개발하고 있다고 놈들이 믿게 만드는 것이었지. 사실 우리는 비밀리에 신형 75밀리 장구경장 대포를 개발하고 있었지만. 이 75밀리 대포는 경이로움 그 자체였지만 오륙 년 뒤에나 실전에 사용할 수 있었지. 그래서 나는 그 부패하고 방탕한 에스테르하지 소령이 가짜 포병 비밀작전보고서를 '우연히' 훔쳐보도록 일을 꾸민 걸세. 나는 그가 그걸 독일 대사관 무관에게 돈을 받고 넘길 거라고 확신했다네."

"별일 없어요, 오귀스트?" 드레퓌스의 목소리가 터져나온 걸 듣고 놀란 안주인이 초가집 문간으로 나오며 물었다.

"지금 손님이랑 같이 있어!" 메르시에는 무뚝뚝하게 대답하고 나서 접붙이기를 마무리 지으며 하던 이야기를 계속했다. "불행히도 그 방탕한 슈파르츠코펜은 간첩사건에 휘말리고 싶지 않아 서류를 쓰레기통에 던져버렸지. 하지만 그는 그 집 가정부가 우리 비밀정보기관을 위해 일한다는 걸 잘 알고 있었어. 우리 정보기관원들이 달려와서 내게 말하더군. '참모본부에 첩자가 있습니다.' 물론 첩자가 있었지만, 그건 내가 만들어낸 첩자였지. 그리하여 이 바보 같은 인간들 때문에 계획이 틀어질 지경이 된 거야! 나는 어쩔 수 없이 서둘러 조사를 해야 했지만, 그자들에게 비밀을 알려줄 수는 없었다네. 너무 늦은데다 정보부에서 일하는 자들은 정말 형편없는 작자들이었으니까. 해결책은 오직 한 가지뿐이었어. 진짜 첩자를 보호하기 위해 가짜 첩자를 만들어내는 거였지. 총사령부의 포병 병과에서 실습중인 유대인 장교는 자네 한 사람뿐이었어. 내가 자네를 골랐지. 그게 신빙성이 있었고, 그렇게 해야만 나도 반유대적인 언론 앞에서 나의 행위를 정당화할 수가 있었으니까. 자네도 동의를 했고."

"제가 무슨 동의를 했단 말입니까?"

"연극을 해보겠다는 동의 말일세."

"'연극'이요? 근데 누가 그렇게 말하던가요?"

"자네 친구들이."

"무슨 친구들이요?"

"지금은 기억이 안 나네. 소시에르 장군의 정부였던 여자의 남편인 모리스 베유의 주변 사람들이었을 걸세…… 자네가 근무하던 포병부대 대장인 들루아예도 자네에 대해 법적으로 책임을 지겠다고 했지…… 그리고 자네도 재판 때 말하지 않았나? '오륙 년 뒤면 일이 잘 해결될 겁니다. 제가 지금은 설명할 수 없는 이 수수께끼 같은 말이 무슨 말인지 알게 될 거라는 얘깁니다.' 자네가 자네 자신을 변호하기 위해 한 말은 '전 결백합니다'와 '프랑스 만세'뿐이었지."

"제가 달리 무슨 말을 할 수 있었겠습니까?"

"똑같은 말은 이제 그만하게, 드레퓌스! '오륙 년', 그건 우리를 무적으로 만들어줄 대포를 개발할 수 있는 기간이었어! 나 덕분에 우리가 고집스럽게 구닥다리 120밀리 구식 대포를 개량한다고 믿은 독일인들이 분당 네 발씩밖에 못 쏠 때, 우리는 스무 발씩 쏠 수 있게 된 거지! 최초의 75밀리 포가 1898년에 어느 연대에 배치되었던가? 사십 개 연대 중 오직 자네의 연대에만 배치되었지. 어쨌든 자네는 감사 표시를 받지 않았나?"

드레퓌스가 목 멘 소리로 외쳤다.

"감사 표시라고요? 심의위원들이 심의를 하고 있는데 당신이 그 위조된 비밀서류들을 제출하는 바람에 나는 군사회의에서 유죄선고를 받았단 말입니다!"

"나로선 그렇게 할 수밖에 없었다네. 자네 기록은 아무것도 없었으니까. 게다가 자네는 자네가 결백하다는 완벽한 증거를 가지고 있었잖은가? 만일 자네가 그걸 공개했더라면……"

"증거라고요? 무슨 증거요?"

"우리 참모장…… 이름이 뭐였더라?"

"부아데프르 장군입니다."

"그래, 맞아. 사르트에 있는 자신의 성에 틀어박혀 회개하고 있는 그 광신적인 얼간이는 자신을 변호하려 하지 않는 무죄한 사람을 감옥에 보냈다는 걸 깨달았지…… 그는 아무것도 모르고 있었어. 한 가지만 빼놓고. 기술적으로 볼 때 자네는 독일 놈들에게 팔아넘겨진 정보를 알아낼 수가 없었어. 왜냐하면 최근에 내려진 지시에 따라 자네 같은 실습 장교들은 포병대 군사훈련에 참여할 수가 없게 되어 있었거든. 나는 그 사실을 모르고 있었지. 알았더라면 자네를 선택하지 않았을 거야. 비록 자네가 자네의 결백을 입증하는 증거를 밝히진 않았으나, 그래도 자네가 특별근무중이었던 건 잘된 일일세. 그 사실은 상원에서도 알려지기 시작했었네."

드레퓌스는 잠시 침묵을 지키다가 억양 없는 목소리로 대꾸했다.

"그럼 제가 침묵으로 프랑스 군이 지워지지 않을 오명의 스캔들에 휩싸이지 않도록 보호하려 했다는 사실은요?"

"지시 받지도 않았고, 그에 대한 대가를 협상하지 않았는데도 자네의 명예와 자유, 자네의 가족을 희생시켜가면서 말인가? 지금 농담하나, 드레퓌스? 인간이라는 존재가 아무 이유도 없이 자네가 당한 것과 같은 고통을 감수하겠다고 나서는 법은 없네."

드레퓌스는 아연실색해하며 고개를 저었다. 메르시에는 그가 얼빠지고 어리석은 인간이든가, 아니면 진지한 인간이라고 생각하고 있었다. 하지만 이제 와서 그게 뭐 중요하단 말인가. 그는 나의 수액을 살짝 중독시키기 위해 풀을 좀더 칠했다. 나는 나와 맞지 않는 이 접목을 거부하기 위해 모든 에너지를 동원하고 온갖 노력을 기울여야 하리라……

"질문이 하나 있습니다, 장군님. 장군님 말대로 만일 제가 임무를 띤 요원으로 감옥에 들어가 있었다면, 장군님은 왜 상원에서 제가 군에 다시 복귀하는 데 반대표를 던지셨나요?"

"찬성표를 던진다는 건 곧 자네를 매국노로 만듦으로써 오류를 저질렀다는 걸 인정하는 셈이 되거든. 사실 그건 하나의 계획이었는데 말이야. 내가 짠 계획! 그런데 그 계획은 성공했어! 내 뒤를 이은 무능력자들은 그 계획을 전혀 이해하지 못했지만! 그 바보 같은 앙리 대위가 자백을 하고 자살하는 바람에 자네 재판에 제출된 증거물이 위조되었다는 걸 온 세상이 다 알게 되었지만! 그리고 그 어리석은 에밀 졸라가 「나는 고발한다!」에서 내가 '정신 박약이라서' 잘못 생각했다고 주장하며 내 명예를 훼손시켰지만! 내 명예를! 내가 '정신 '박약'이라고? 나는 모든 계획을 세워 성공시켰고, 독일 놈들과 심의위원들, 언론을 속여 넘겼고, 임무가 끝나자 영웅 노릇이 가능한 이상적인 매국노를 만들어냈지. 그런데 나는…… 우리 대포가 승리를 거둔 것에 대해 도대체 누가 내게 감사했으며, 내가 존재한다는 것을 도대체 누가 기억하며, 자네 말고 대체 누가 나를 찾아온단 말인가?"

"오귀스트! 해가 지고 있어요. 집 안으로 들어가야 해요!" 뚱뚱한 부인이 문간에서 다시 소리쳤다.

"프랑스는 배은망덕했지." 메르시에는 풀 단지의 뚜껑을 닫으며 지겹게 되씹었다. "세 표 받았어. 대통령 선거에서 나는 세 표를 얻었다고. 나보다는 그 쬐그만 사기꾼 펠릭스 포르를 더 좋아한 거지! 그래서 어떻게 되었는지 다들 잘 알잖나? 그리고 자네!

자네 친구들이 무슨 생각을 하는지, 자네 등 뒤에서 뭐라고 얘기하는지 알고 있나? 자네가 자네의 입장에 맞지 않게 행동했다고 떠든다네. 자네는 군이 유죄선고를 내린 건 자네가 유대인이었기 때문이라는 말을 단 한 번도 한 적이 없어. 하지만 이유는 오직 그것 한 가지뿐이네. 자네는 고난의 끝까지 가지 않았네, 드레퓌스. 자네의 그 친애하는 클레망소도 말하지 않았나? 자네는 자네가 겪은 일을 감당할 수 있는 사람이 아니라고."

드레퓌스는 이를 악물었다. 그리고 회중시계를 들여다보았다. 시간이 늦어져 가족들이 불안해할 것이다. 한 걸음 뒤로 물러선 그는 이곳을 찾아온 목적을 호주머니에서 꺼냈다. 그리고 냉정하게 말했다.

"다른 때 같았으면 이걸 센 강에 던졌을 겁니다. 이번에는 발송인에게 다시 돌아오지 않기를 바랄 뿐입니다."

장군은 드레퓌스가 자신에게 내미는 메달을 보더니 그걸 손바닥에 올려놓고 얼굴 가까이 가져갔다.

"그런데…… 이건 나잖아."

"맞습니다. 그리고 그건 제 인생의 가장 큰 상처이기도 합니다. 증오와 부당함, 감옥은 최악이 아닙니다…… 결국 프랑스가 내게 명예를 돌려주었던 바로 그 해에 이 메달이 만들어졌다는 것이 내겐 최악의 일입니다."

장군은 거칠게 깎은 자신의 프로필 주변에 반원형으로 새겨넣은 '매국노 드레퓌스를 응징한 메르시에 장군에게'라는 글을 찬찬히 들여다보았다. 그러고는 눈을 지그시 감은 채 드레퓌스의 목소리에 한쪽 귀를 기울였다.

"십사 년 전부터 누군가 익명으로 그걸 제게 정기적으로 보내왔습니다. '널 잊지 않을 것이다, 개자식' 같은 말을 동봉해서 말이지요. 그럴 때마다 상처가 다시 벌어지면서 고통 받습니다."

"고맙네." 장군은 메달을 주머니에 집어넣으며 말했다. "내게는 이 메달이 남아 있지 않아…… 가족들에게 다 줬는데 잃어버리거나 팔아버려서…… 난 이제 더 이상 인간 본성에 대해 환상을 품고 있지 않다네."

"어서요, 오귀스트. 분별 있게 행동하셔야죠."

장군은 다가와서 어깨에 짧은 외투를 덮어주는 여자 친척을 나무라는 눈길로 바라보았다.

"신경 쓰지 마세요." 여인이 방문객에게 살짝 귀띔했다. "이제는 당신이 무슨 말을 하는지도 모르신답니다."

"괜찮습니다." 드레퓌스가 중얼거리듯 대답했다.

"자, 행운을 빌겠네." 늙은 장군이 자신의 고문도구들을 주섬주섬 챙기며 말했다. "내게도 행운을 빌어주게. 접붙인 게 잘되라고."

옛 도형수는 우리의 고문자가 초가집을 향해 멀어져가는 걸 바라보았다. 그러다가 내 몸통에 이마를 기댄 채 껍질 속에 손톱을 박아넣더니 소리 없는 울음을 터뜨렸다. 그의 모든 슬픔이 나를 뚫고 들어와 심목深木에 도달했다.

모든 것을 석화시킨 그 마음속 고통의 무게, 마음속 비밀의 무게…… 그것은 아마도 나의 가장 무거운 추억인지도 모른다. 산채로 화형당한 여인 한 명, 목이 매달려 죽은 사람 열두 명, 자살한 시인, 혹은 처형당한 아이를 통해 내가 겪었던 죽음보다 훨씬 더 무거운 추억. 죽음은 내가 최선을 다해 동행하려 애쓰는 출발점이자 출입구이지만, 한 인생을 평생토록 가둬놓은 침묵에는 뭐라고 대답한단 말인가? 인간의 그 같은 침묵은 겉으로는 자유로워 보이지만 본인에게는 최악의 감옥인 것이다.

그후로 드레퓌스는 비밀 준수의 의무를 홀로 감당하기로 결심했다. 그러나 늙었으나 의식이 또렷한 그 배후조종자가 뻔뻔스럽게도 자신의 파렴치와 공범들을 밝히는 소리를 듣는 것, 그가 안보 기밀과 군의 수치를 백일하에 폭로하는 모습을 목도하는 것은, 그 자신이 유죄선고를 받았다가 특사로 풀려났을 때 느꼈던 것보다 훨씬 더 견디기 힘든 수치였다. 프랑스의 '정의의 수호자'를 자처하는 인간의 공격적인 죄의식과 마주할 때, 고통당한 인간의 무고함은 과연 얼마만큼의 무게를 지닐까? 이 거짓말쟁이는 드레퓌스가 입을 닫고 있었던 것이, 자신의 침묵을 돈을 받고 팔았기 때문이라고 진심으로 믿고 있었다. 사람들이 드레퓌스를 비난했던 것은 그가 파렴치한 짓을 저질러서가 아니라, 너무도 파괴적인 결과를 불러와서였다. 오래전 그가 존경해 마지않았던 지휘관인 메르시에 장군은 그런 파괴적인 결과를 극히 '당연한 것'이라 여겼다. 그 결과가 이 모든 것을 설명해줄 수 있다는 듯이.

드레퓌스는 나의 껍질에서 몸을 떼어낸 다음, 다시 목도리를 두르고 황혼 속으로 사라졌다. 나는 접붙여진 가지와 단둘이 남게 되었다. 그 전에 접붙여진 가지들처럼 이 가지도 결국은 살아남지 못할 것이다. 그것은 마지막으로 접붙여진 가지였다. 열흘 뒤에 메르시에가 죽게 될 것이기 때문이었다. 내 껍질은 얼마 안가 정원의 늙은 군인이 도려낸 자국을 지워버렸다. 그러나 알프레드 드레퓌스가 남겨놓은 상처는 아물지 않을 것이다.

*

"정말이에요?" 오드리가 종이들을 침대 위에 올려놓으며 물었다. "정말 이렇게 된 거예요?"

"그건 나도 몰라." 야니스가 대답했다. "하지만 그렇게 느껴져. 말로 표현했건 안 했건, 그들은 인생의 바로 그 순간에 서로에게 그 말을 해야 했어. 작가가 할 수 있는 일은 기록과 현존하는 심리 상태, 직관을 종합하고 일반화하는 것뿐이지."

직관…… 야니스는 내 주변에서 일어난 장면을 재구성하고, 한 인간 존재의 비극을 배나무의 접붙이기라는 하찮은 사건과 대립시키면서도 알프레드 드레퓌스의 상처를 다시 벌려놓지 않았다. 내가 그에게 영감을 주었던 이 모든 상황에서, 내가 어떤 비밀을 알아내는 데 도움을 받았다고 느낀 것은 왜일까?

"야니스, 신경 쓰이는 게 한 가지 있는데, 메달이에요. 좀 과장된 것 같아요. 사람들이 안 믿을 거예요."

"이베이에 한번 들어가봐."

그는 노트북을 가져와서 인터넷에 접속했다. 그녀는 프랑스 대법원에 의해 드레퓌스가 복권되고 난 뒤 메르시에 장군에게 경의를 표하는 의미에서 1906년도에 메달이 주조되었다는 사실을 확인하고 경악했다.

"난 뭐든지 일일이 확인해, 오드리. 내가 지어냈다고 생각하는 건 특히."

"이리 와요."

그녀는 그에게 팔을 내밀며 자신의 몸을 열었다. 그들은 알프레드 드레퓌스를 기리며 사랑을 나누었다. 그녀가 바람을 피운 건 이번이 처음이었다. 한 여자가 트리스탄의 역할을 대신한 것도 이번이 처음이었다. 오드리는 관능과 상상력이 부족했지만, 무엇과도 비교할 수 없는 온화하고 부자연스럽고 미숙한 아름다움을 갖추고 있었다. 하지만 그녀는 애처로울 정도로 쾌락을 두려워했고, 그래서 야니스는 그녀를 더 확실히 자기 여자로 만들기 위해 그녀가 깊이 관심 갖고 있는 주제를 계속 파고들기로 했다. 필요한 시간을, 어쩌면 여생을 그녀에게 바치기로 결심한 것이다.

그렇게 인내를 발휘하고 섹스를 통해 그녀와 공감하다보니, 야니스는 반유대주의에 관한 권위 있는 역사가가 되었다. 그리고 그를 산 자들의 세상으로 다시 이끌어준 그녀를 아무 조건 없이 사랑하게 되었다.

오드리는 그가 생각했던 것보다 훨씬 매혹적인 연인이었다. 그녀가 자신의 원칙과 양심의 가책을 극복하면서, 뜻밖에도 충족된 에고이즘에서 비롯된 사심 없는 관대함과 채워질 줄 모르는 욕망이 마침내 내면의 굴레를 벗어났다. 그 어떤 사건도 그녀를 억압하지 않았다(남편이 두 사람의 관계를 알게 될 경우 그녀가 미리 알아서 해결하기로 했지만, 그것만 빼면). 오드리는 행복의 재능을 타고난 여자였고, 그녀 자신이기를 그만두지 않고도 두 남자를 동시에 사랑할 수 있다는 사실에 스스로 놀라워하며 감탄하는 조화의 달인이었다. 그녀의 품속에서 야니스는 열정이 잔잔한 물 위를 항해할 수도 있음을 알게 되었다. 연인을 공유해야 했지만 그는 질투하지 않았다. 그는 자신과는 관계없이 계속 행복해하는 한 여자와의 완전한 융합에 도달하면 할수록 더욱 흥분하고 행복해졌다.

트리스탄의 추억은 그대로 둔 채 오드리의 현재와 결합한 야니스는 더 이상 내게 접촉점을 제공하지 않았다. 결국 나는 그의 기억에서 빠져나와, 자신이 믿는 신으로부터 전해받지 못한 희망을 내게 전해주었던 한 회교도의 꿈속으로 휩쓸려갔다.

만남

La rencontre

■

삶의 시련과 욕구불만은 얼마든지 보상받을 수 있다. 언제 어느 때라도 자신의 운명을 바꿀 수 있다는 사실만 안다면. 라픽은 입상을 팔지 않았다. 나는 맹도르 시의 지하 2층에 있는 환풍용 파이프 속에 열아홉 해나 갇혀 있었다.

오래전 나를 훔쳐왔던 남자는 단체 조직망을 발전시킨 후, 자신이 사는 파리 교외의 시의원이 되어 문화 활동을 담당했다. 그는 신을 모독했다는 이유로 아내 살리마가 형제들에게 돌로 맞아 죽어 혼자가 돼버린 다미앵과 결혼했다. 몇 년 동안 라픽은 우울증에 빠져 고통스러워하는 다미앵을 격려해주고, 그가 만든 온라인게임 '세상을 구하라'를 초소형 기업으로 만들어 마침내 그 도시의 모든 젊은이들이 일자리를 얻도록 도와주었다. 재기에 성공한 다미앵이 더 젊은 남자와 조세회피지로 이민을 간 뒤로도 이런 그의 활동은 변함이 없었다.

라픽은 빈손으로 시작해 자신의 아이디어와 용기, 슬픔 위로 삶을 건설했다. 나를 장물아비에게 넘기고 손에 넣은 마법의 지팡이 덕분이 아니었다. 처음에 나는 그에게 꿈을 실현시켜주는 열쇠였다. 하지만 이제 나는 실패로 끝난 유혹의 상징에 불과할 뿐이다.

라픽은 그날 아침 나를 은신처에서 끄집어냈다. 그리고 나는 그의 생각 속에서, 내가 목격하지 못했던 모든 사건과 방금 그가 나를 위해 선택한 미래를 보았다. 나는 단숨에 망각에서 벗어났다. 나는 다시 인간들과 하나가 되고, 다시 그들의 방식으로 지각하고, 현재 그들이 처한 현실로 가야 했다. 그리고 다시 그 움직임을 따라야 했다.

지금 나는 종이상자 소포 속에 마닐라지로 고정된 채, 어깨 위로 둘러메는 자루의 밑바닥에 놓여 있다. 라픽은 혹시 자신이 몸담고 있는 공동체가 연루될까 싶어, 스쿠터를 타고 파리의 한 우체국까지 가서 나를 발송했다.

발송자 이름을 기입하는 칸에 그는 트리스탄이라고 써넣었다.

*

내가 없는 동안 세상은 바뀌었다. 자동차의 수가 줄었는데, 그건 인구가 줄었기 때문이었다. 내가 살아 있었을 때 내 동족들이 시작했던 과정은 흔들림 없이 추진되었다. 나무들이 지구를 조절하는 일에 착수한 것이었다.

인간들의 시야를 틔워주고, 자멸하지 않기 위해서는 이제 자신들의 환경을 존중하는 데 그치지 않고 '내면으로부터' 변화해야 한다는 사실을 인간들이 이해하도록 돕는 것. 이제부터 샤먼들은 그 같은 목표를 위해 전력 투쟁할 것이다. 그중에서도 특히 토에 샤먼은.

파괴된 숲 한가운데에서 태어난 토에는 식물계와 소통하기 위해 자기 부족의 지식을 보존하는 걸로 만족하지 않았다. 그는 여섯 개 언어를 구사했고, 미국에서 국제법을 공부했고, 경제학으로 석사학위를 받고, 재생에너지 관리라는 주제로 박사학위를 취득했다. 그는 능력과 요령을 발휘해, 정글에서는 졌지만 법원에서는 이겼다. 국가에 유죄선고가 내려지도록 하고, 석유회사가 배상액과 이자를 물지 못해 파산하도록 만들고, 유엔으로 하여금 나무 권리헌장을 선포하도록 했다.

그러나 그가 우위를 점할 수 있는 건 단지 역학관계 때문만이 아니었다. 그에게는 카리스마가 있었다. 그에게 저항한다는 건 쉬운 일이 아니었다. 그의 차분한 확신의 힘은 상대로 하여금 평온함을 느끼게 했다. 그는 '경계를 넘어' 세상을 침략하고, 자신의 관점을 일반화시키면서 타인의 의식을 점령하는 몽상가였다. 그의 이름이 그들 부족이 독성물질을 추출해내는 독말풀을 일컫는 단어인 것은 우연일까, 아니면 그것 또한 숲의 정령들과 조화를 이루기 위한 것일까?

그는 신성한 명령이나 광신적인 도구 하나 없이 오직 미디어와 법정, 그리고 친환경운동을 통해 명예를 회복하려고 애쓰는 공해산업에 의지해, 자연이 인간이 멸망시키기 전에 인간과 자연이 하루 빨리 하나가 되어야 하고, 또 그렇게 될 수 있음을 널리 전파했다.

인터넷을 통해 토에에 대해 알게 된 날, 라픽의 삶은 동요했다. 토에는 라픽이 갖고 있는 입상과 꼭 닮은 모습이었다. 그는 남자 트리스탄이었다. 라픽 자신의 범죄와 구원의 원인이자, 그에게 희망과 마음의 나침반, 부적의 역할을 해준 여성 입상의 남성판이었던 것이다.

*

토에는 비오즈아르 박물관 오프닝 행사에 참석하기 위해 파리에 들렀다. 박물관에는 마지막 남은 원시림에 할당된 전시실이 하나 있는데, 그는 그 전시실에 재정 지원을 했다. 한편 란 박사의 상속자들은 트리스탄이 남긴 작품들의 공식 시세를 유지시키기 위해 그녀의 작품 몇 점을 박물관에 대여해주고, 언론에 내보이는 자비의 제스처로 트리스탄의 마지막 동반자를 그곳에 초대했다. 야니스는 그들의 동의하에 엄청난 집세를 내면서 몽파르나스의 아틀리에에 계속 머무르고 있었다.

야니스는 리셉션 만찬에 참석했다. 그리고 바로 그 자리에서 아버지와 아들은 서로의 존재를 알게 되었다. 한 사람은 너무 닮은 자신들의 모습에 충격에서 헤어나지 못했고, 다른 한 사람은 플래시 세례를 받으며 악수를 나누는 동안 그들의 감정이 함께 공명하는 것을 느낄 뿐이었다. 라픽이 시청한 텔레비전 르포르타주 프로그램에서 그들은 조각된 나무들 앞에서 때와 장소에 걸맞은 미소를 지으며 포즈를 취하고 있었다.

시라니 부족은 그의 어머니이자 여신인 트리스탄을 숭배하는 종교적 분위기 속에서 토에를 반신半神적 존재로 키웠다. 그래서일까, 토에는 영적인 것이 아닌 유산을 요구하거나 자신을 낳아준 사람을 찾아야겠다는 생각은 단 한 번도 해보지 않았다. 그리고 야니스 역시 자기 아이가 태어났다는 사실을 알리지 않았다며 트리스탄을 원망하기에는 이미 늦었다. 그는 토에의 동의하에 행동하는 선에서 만족해야 했다. 유전자 검사와 친자관계 인정은 즉각적인 것들에밖에 효과를 미치지 못했다. 란 가족이 상속 순위의 맨 마지막으로 내려간 것이다. 그러나 감정이 어떻게 변할지는 더 두고 봐야 할 것이다.

야니스는 흥분과 체념이 뒤섞인 기분으로 이 운명의 장난을 받아들였다. 언제나 인생은 그가 없이 살기로 결심한 것을 약간의 시차를 둔 채 결국은 가져다주었다. 조르주 란이 매력적인 대리 아버지 역할을 해주었던 것처럼, 다 늦어서 그는 토에의 존재가 불러일으키는 흡족한 부성애의 즐거움을 누리게 되었다. 아이는 이미 장성한데다, 총명하고 독립적이었다. 그는 아무런 도움도 주지 못했음에도 당연히 아이가 자랑스러웠다. 그러나 트리스탄이 야니스 자신도 모르는 사이에 그에게서 빌려간 유전자 덕분에 그녀의 정신과 투쟁이 계속된다는 사실은 그에게 가장 적극적으로 속죄할 기회를 제공해주었다. 그는 필생의 여인을 사랑하거나, 그녀의 내면을 이해하거나, 그녀의 의견을 따르거나, 그녀의 관심사를 함께 나눌 줄 몰랐다. 하지만 이제 다시는 똑같은 실수를 저지르지는 않을 것이다.

토에도 거의 같은 식으로 반응했다. 그들이 부자관계를 맺길 원치 않았던 트리스탄을 생각하면, 아버지와 자신 사이에 갑작스레 어떤 관계가 형성되는 것이 썩 탐탁지는 않았지만, 그럼에도 시간의 흐름과, 그들 사이에 존재하는 잠재적 유사성 때문에 그 역시 우정의 근간을 닦는 데 동의한 것이다.

*

아닌 게 아니라 이 생면부지의 아들은 꽤 적절한 시기에 야니스의 인생에 등장해준 것이었다. 오드리는 스무 해 동안 그와 불륜 관계를 유지하면서 야니스의 삶에서 전성기를 함께하고 그를 행복하게 해주었다. 그녀는 그가 품은 환상을 함께 나누며 그의 연구와 글쓰기를 지켜봐주었고, 드레퓌스 사건과 히틀러의 출생, 비시 정부를 번갈아 다루며 새로운 사실을 폭로한 그의 세 권짜리 저서가 생산적인 논쟁을 촉발시킬 때도 그와 함께했다. 오드리는 무모한 동시에 사려 깊은 열정으로 그를 사랑했다. 그녀는 야니스의 품과 그가 쓴 글 속에서 자신의 진정한 모습을 발견했다. 그렇다고 해서 자신의 가족과 공동체, 동료들이 필요로 하는 역할을 그만둔 건 아니었다. 그녀 자신은 그것 없이도 살 수 있었지만. 어쩌면 오드리는 자신이 맡은 역할이 그저 하나의 역할에 불과함을 알게 된 뒤부터 그것을 더 잘 수행하게 되었는지도 모른다. 그녀는 야니스에게 배운 모든 대담한 성적 행위를 남편이 즐길 수 있도록 해주었다. 하지만 그렇게 했다고 해서 그녀가 양심의 가책을 덜 받은 건 아니었다. 요컨대 그녀는 이 불륜생활을 즐긴 만큼 그것으로 남몰래 고통 받았다. 하지만 그녀는 만일 한 쪽을 포기하게 되면 다른 쪽 역시 그만두게 되리라는 사실을 잘 알고 있었다. 그 어떤 마멸磨滅도 느끼지 않았기 때문에 더더욱 그랬다.

야니스는 조금 달랐다. 남들 눈을 피해 그녀와의 계속 만난 까닭에 그의 욕망은 여전히 풋풋하고 사그라지지 않았지만, 책을 한 권 두 권 쓰다보니 열정보다는 안락함을 우선시하게 되었다. 그녀가 남편과 이혼하지 않고 계속 함께 살았기 때문에, 오드리에게서 마음이 떠난 것이 아님에도 불구하고 그는 이따금 그녀 몰래 다른 여자를 만났는데, 실제로 쾌락을 얻는다기보다는 일종의 균형을 맞추려는 생각에서였다. 일흔이 다 되어가는 나이에 영원한 독신자의 후광을 유지하려는 태도가 오만함에서 비롯된 게 아니라면 말이다. 그는 자신들이야말로 이상적인 커플이라고 생각했다. 그리고 그녀 역시 그와의 조화를 유지하기 위해 같은 감정을 느끼는 척했다.

그러나 야니스의 뇌동맥류가 파열된 날, 모든 게 달라졌다. 간신히 목숨을 구한 그에게는 이따금 만나는 정부보다는 상주 간호사가 더욱 절실했다. 그는 오드리에게 남편과 이혼하라고 요구했다. 그녀는 결국 그의 요구를 받아들였지만, 자신의 이혼 요구가 남편에게 일종의 안도감밖에 불러일으키지 못하는 걸 보고 깊은 충격을 받았다. 법조인인 그녀의 남편은 이미 오래전부터 그녀가 비밀이라고 믿었던 것을 사랑으로 눈감아왔고, 자신이 여전히 그녀의 절반은 소유하고 있으리라는 희망 속에서 남몰래 고통스러워했다. 그는 거짓으로 이루어진 이 공동체의 해산을 받아들이면서 자존감을 되찾았다. 그리고 서로가 서로에게 느끼는 수치감은 오드리의 마음에 깊은 상처를 주었다.

우편배달부가 내가 든 소포를 야니스의 집에 배달한 것은 이 같은 상황에서였다. 스무 해 전에 도둑맞은 입상을 다시 보는 순간 그가 느낀 감동은 그가 그것을 다른 누군가와 공유할 수 있었기에 더더욱 컸다. 이 상징물은 그와 토에 사이에서 즉시 어떤 메시지와도 같은 가치를 갖게 되었다. 트리스탄은 내 나무를 통해 자신을 세웠다. 그리고 이제 트리스탄의 두 계승자는 세상을 떠난 그녀가 바로 그것을 통해 둘이 관계 맺기를 장려하고 있음을 느꼈다.

샤먼이 말했다.

"우연이란 없어요."

아니, 우연은 있다. 그 '우연'이라는 것이, 어느 정도 성숙하거나 타인의 의지에 의해 북돋워지면서 자율이라는 형태를 갖추어 구체화되는, 의식적 혹은 무의식적인 생각을 투사한 것에 지나지 않을 때를 제외한다면. 그러나 이런 꿈들 중 대다수는 출발했다가도 길을 잃게 되고, 때로 도달해야 할 목적지에 비해 길이 너무 멀다…… 이 기이한 아버지와 아들이 이렇게 다시 만나기 위해서는 자살 충동과 강도 행위, 같은 건물 입주자의 혼수상태, 아마존 숲의 파괴, 파리 교외에 사는 어린 절도범의 속죄가 필요했다.

전시회

L'exposition

■

내 조각상은 제 소임을 다했다. 이제 야니스에게 나는 그가 단념한 오브제, 고통과 부재로 가득 찬 기념물에 불과했다. 그는 트리스탄 회고전을 완성시키기 위해 나를 비오즈아르 박물관에 기증했다.

라픽이 전람회 행사에 왔다. 예술가의 아들이 연설하는 동안 그들의 시선은 여러 차례 마주쳤다.

"어머니는 당신께서 지니고 있던 상상력의 형태를 식물 존재들에게 부여함으로써 미래 세대들에게 메시지를 보냈습니다. 만일 우리가 계속 나무들을 파괴한다면 나무들도 우리를 파괴할 것입니다. 만일 우리가 그들과 하나 되는 법을 다시 배운다면, 우리가 우리 기원과의 관계를 다시 회복한다면, 샤먼 전통에서처럼 나무들이 자신들의 지식과 상호작용, 그들이 꾸는 꿈이 지닌 힘을 확장시켜줄 소명을 띤 사자로서 우리를 창조했음을 기억한다면, 우리가 눈먼 오만으로 세상의 종말이라고 부르는 것, 그러나 사실은 인간의 멸망을 의미하는 것을 피할 수 있을 겁니다."

잔잔한 박수갈채가 이어지다가 사람들이 뷔페를 향해 몰려가면서 곧 중단되었다. 토에는 연단을 내려와 박물관 직원의 찬사를 듣는 둥 마는 둥 하고는 곧장 라픽에게 다가왔다. 그는 라픽의 눈을 똑바로 바라보면서 진지한 표정으로 그의 행동에 감사를 표했다. 그는 내가 전시되어 있는 진열장 쪽을 돌아볼 필요조차 없었다. 옛날에 나를 훔쳐갔던 라픽은 얼굴에 피가 솟구치는 걸 느꼈다. 샤먼이 차분하게 말을 이어나갔다.

"선생님께서 오랫동안 〈나무의 꿈〉을 간직해주셨으니 선생님과 조각상 사이에 아주 긴밀한 관계가 형성되었을 겁니다. 아마 조각상과 헤어지는 데 힘드셨을 겁니다. 그런 의미에서 선생님께 깊은 감사를 드리고 싶습니다."

라픽은 아주 작은 부인의 뜻도 내비칠 수가 없었다. 토에에게서 엄청난 밀도의 조화가 느껴져 그 말에 절로 공감할 수밖에 없었던 것이다.

“그게 나라는 걸 어떻게 알았죠?” 그가 겨우 물었다.

“선생님 눈을 보고 알았습니다. 제가 연설을 하는 내내 입상과 저를 바라보는 선생님의 눈이요. 전시실에서 제 눈에 들어오는 건 오직 선생님뿐이었습니다.”

부끄럽기도 하고 우쭐하기도 한 라픽은 마음의 동요로 목이 메어 빈정거리는 듯이 눈을 번득이며 단도직입적으로 물었다.

“지금 내게 제의를 하는 겁니까?”

“제의가 이미 받아들여졌다는 건 우리 둘 다 알고 있지 않나요.”

그들은 암묵적인 눈길을 교환하며 전시실을 떠났다. 야니스는 두 사람을 힐끗거리며 샴페인 잔을 움켜쥐었다. 아들의 행동이 마음에 들지 않아서가 아니었다. 어머니를 꼭 빼닮은 아들의 용모 때문에, 토에가 관심을 보이는 남자들을 보면 자신도 모르게 질투가 느껴져서였다.

오드리는 멀찌감치 떨어진 채 사실은 미래에 대한 불안과 변화의 욕구 사이에서 갈피를 잡지 못하면서도, 겉으로는 아닌 척 관례적인 사교 예절에 걸맞은 미소를 지으며 가정이 없는 집안의 정부情婦 역할을 자연스럽게 해내고 있었다. 그녀는 야니스의 삶 속에 오래 머무르지는 않을 것이다. 이혼을 한 이후로, 그를 위해 그들의 관계 이외의 중요한 모든 것을 희생한 이후로, 그녀는 그에게 예전 같은 매력을 느끼지 못했다. 그저 그런 남편이 되면서, 야니스는 그가 가지고 있던 에로틱한 힘을, 은밀한 마력을 잃어버렸다. 그리고 그녀의 식구들이 그녀의 얼굴을 더 이상 보지 않겠다고 선언한 시점에 뜻하지 않게 아들이 생겼지만, 그렇다고 해결되는 것은 아무것도 없었다. 그러나 그녀가 특히 화가 나는 것은 야니스가 그녀를 언제든 시간이 되는 은퇴자 정도로 여긴다는 사실이었다. 기실 그녀가 갈망하는 것은 단 하나, 마침내 감정적인 독립과, 고독한 자유와, 아무것도 거부하지 않았기에 더 이상 잃을 게 없는 여자로서의 평정심을 누리는 것뿐이었다.

야니스는 멀리서 그녀를 관찰하며 곰곰이 생각했다. 고마움의 감정이 물밀듯 그의 가슴속으로 밀려들었다. 마치 그가 나를 주목할 만한 나무로 만들어야겠다고 생각한—결국은 실패했지만—그날 이후로, 그의 삶 속에서 우리가 행복하게 연결되었던 순간들에 대해 내게 마지막으로 감사의 인사를 전하려는 듯했다.

박물관이 문을 닫자, 나는 나를 보호해주는 유리창 뒤에 홀로 남게 되었다. 그리고 잠이 다시 나를 기다리고 있다는 걸 알았다. 어쩌면 그 잠은 전에 갇혀 있었던 비밀 통풍용 파이프에서보다 더 깊지 않은 것일지도 모른다. 하지만 카탈로그에서 내 열 줄짜리 이력을 읽는 관람객들의 호기심이 과연 얼마 동안이나 내 관심을 끌게 될까?

결국 어쩌면 나는 그때그때 우연에 따라 도구처럼 쓰일 운명이었던 건지도 모른다.

*

내가 그들을 연결시켜준 후로 나의 세 친구는 나 없이도 아무 문제 없이 잘 지냈다. 라픽은 사랑이 행복을 가져다줄 수도 있음을 알게 되었고, 토에는 나무들의 완벽한 대변인이 되어 야니스를 이 대륙 저 대륙으로 데리고 다녔고, 야니스는 늙은 아버지의 뒤늦은 인내심을 발휘해, 트리스탄에게서 발견했을 때는 혼란스럽기만 하던 모든 것들을 아들에게서 발견하면서부터는 높이 평가하기로 했다. 그는 금세 익숙해졌다. 특히 '아야와스카'에는. 자신이 놓친 공유의 기회를 만회한다는 핑계로 그는 글쓰기와 섹스에 발휘했던 세심한 열의를 가지고 마약에 빠져들었다.

내가 그의 생각 속에 머무는 것도, 나 홀로 추억의 흐름을 타고 돌아가는 것도, 이제는 불가능한 일이었다.

*

시간이 얼마나 흘렀는지 모르겠다. 내 전시는 상설이 되었고, 나의 의식은 아주 가끔씩만 다시 깨어난다. 아직도 내 조각상에 관심을 갖는 몇 안 되는 관람객을 통해 이따금 세상 소식을 듣는다. 세상은 어떤 관점으로 보느냐에 따라 심각할 정도로 점점 나빠지기도 했고, 아니면 훨씬 더 나아지기도 했다. 종교전쟁, 경제전쟁, 인종전쟁은 많이 줄었지만, 그건 단지 인간들이 점점 줄어들고 있기 때문이었다. 인간들은 이미 경고를 받았을 것이다. 대응할 시간도 있었으리라.

인간들은 지난 세기에 해트클리프 경이 깊은 통찰력을 발휘해 성취한 중요한 과학적 발견을 진지하게 받아들이지 않았다. 그 결과가 자신들을 떼죽음으로 몰아넣기 전까지 그들은 전혀 불안해하지 않았다. 하지만 어쩔 수 없었다. 우리는 인간들의 여성 호르몬을 합성해 배합을 달리한 후 우리 꽃가루에 섞어 퍼뜨렸다. 수천 년 전부터 포식생물들에게 생존을 위협받을 때마다 그것들을 불임시키기 위해 그랬던 것처럼.

그러나 그 정도로는 충분치 않았다. 인간들이 사용하는 제초제와 살충제, 유전자조작식품이 벌들을 한 마리도 안 남기고 죽이려 하고 있다. 만일 우리의 꽃들이 더 이상 수정을 하지 못한다면 거의 모든 과일과 야채가 사라질 것이다. 그래서 우리는 단기간에 인간들에게 영향을 미쳐야 했고, 그때부터 우리의 꽃가루는 심각한 우울증을 일으키는 호르몬인 코르티솔을 대량으로 퍼뜨렸다.

우리의 조정 방법 역시 진화했다. 포식동물의 자살을 부추기는 것은 우리가 수호하는 지구의 존속을 위해 발견한 가장 친환경적인 방법이다.

불평하지 말길 바란다. 중생대 말의 초식동물들은 지나친 식욕과 과다한 개체수로 인해 전멸했지만, 당신네 인간들은 그런 일은 피하게 될 테니까. 운석이나 빙하기, 혹은 화산을 동원할 필요조차 없다.

21세기 말 인간 전문가들이 예언하는 기후온난화와 핵겨울 대신 이루어질 인간 재고 정리는 최후의 심판이 아니라 오히려 인간들에게 주어진 마지막 기회다. 많은 수의 인간들이 갑작스레 자살 충동을 일으키는 우울증에 저항하는 유전자를 발달시키고 있기 때문이다. 그들은 모든 생명 형태가 지상에 존재하는 목적이 공감을 통한 인식의 확대이고, 이 같은 기능은 증오와 무분별한 이기주의와 절망 속에서는 완수될 수 없음을 알고 있다.

전혀 생각지도 못하게, 현재 인간 종種 내부에서는 사랑과 지성, 삶이 불러일으키는 즐거움의 선택이라는 자연적 선택이 일어나고 있다. 그것은 선조들보다 생식력은 훨씬 떨어지지만 우리와는 훨씬 더 잘 맞는 영적 엘리트들을 탄생시킬 것이다. 몇 세기만 더 진화하면 우리 기준에 일치하는 인간이 나타나게 될 것이다.

나는 예우 차원에서 '우리'라고 말했다. 개인적으로 이제 나는 관람객이 없어 문을 닫은 박물관의 하나의 잊혀진 기억에 불과하다. 수집품이 뿔뿔이 흩어질 때 야니스가 나를 찾으러 왔다. 나는 다시 그의 책상 위에 자리 잡게 되었다. 도둑맞기 전에 내가 차지하고 있던 바로 그 자리였다. 그리고 지금 내가 느끼고 있는 것은, 그가 새로 펴낸 책이라는 물질 그 자체뿐이다.

무엇이 현실에, 현실에 대한 예감에, 현실에 대한 상상에 속하는지 나는 모른다. 내가 내 뿌리로부터 분리된 뒤로 동족들은 내게 단 한 가지 정보도 보내주지 않았다. 나무들과 관계를 맺고 그가 그들의 관점이라고 믿는 것을 전파하는 것은 야니스다. 그는 나무들과 고락을 같이하고 있다.

*

그는 무턱대고 샤머니즘에 달려들지 말았어야 했다. 아야와스

카에 중독되는 바람에 그는 조금의 신중함도 없이 평상시와는 다르게 경솔하게 메시지를 전달했다. 그리하여 그의 식물학 소설은 불행을 불러왔다. 바로 그 자신의 불행을. 철학자고 정치인이고 저널리스트고 할 것 없이 모두가 그를 공격하고 나섰다. 어떻게 감히 인간 조건에 내재된 절망을 꽃가루의 문제로 축소시킬 수 있단 말인가? 무슨 권리로 자연이 이처럼 파시즘적 태도를 갖고 있다고 비난하고, 또 그것이 옳다고 인정할 수 있단 말인가? 그는 얼빠진 인간, 광신적인 극단론자로 취급 받았고, 엽록소 주사를 끊으라는 충고를 들었다. 오드리는 이 틈을 타, 야니스가 식물을 이용한 예언을 통해 전작들에서는 극진하게 봉사해온 유대 민족의 대의를 모독했다고 비난하더니 그의 곁을 떠났다.

모욕을 당해 정신이 맑아지고 거센 비난에 자극 받은 야니스는 고독 속에서 건강과 투쟁에 대한 의욕, 삶의 열정을 되찾았다. 그러나 사랑을 나누지 못하게 된 후로는 더 이상 현재에 관심을 갖지 않게 되었을 뿐 아니라 미래에도 등을 돌렸다. 그가 쉴 새 없이 몰두하는 것은 과거였다. 그는 드레퓌스 사건을 중심으로 착수했던 조사를 재개함으로써 비밀과 음모, 광기에 휩싸였던 국가의 과거를 되살려내는 한편, 종교와 정치, 군대, 과학, 산업, 지식인, 언론 등이 자행한, 오늘날의 세계를 만들어낸 정신 조작 행위에 대해 꼼꼼하게 분석했다. 야니스 개인이 느끼는 환멸과 나이 앞의 패배감은 다른 배출구를 찾지 못했고, 그래서 그는 마지막 남은 힘을 다해 '역사'의 명백한 거짓말을 고발했다. 시간을 거슬러 올라가 복수한 것이다.

이렇게 해서 그는 자신도 모르는 사이에 나를 나의 기원으로 다시 데려갔다. 그가 동족상잔에 관한 책 3부작의 초안을 잡았을 때 나는 대번에 그것을 직감했다. 이 3부작은 청동기 시대에서 시작해 야니스가 태어난 해인 1974년에 일어난 그리스 군사정권 붕괴로 끝날 계획이었다. 야니스는 자신이 그리스 군사정부의 핵심을 이루던 대령들 중 한 사람의 아들이라고 생각했다. 야니스에게는 그 군인의 신원과 그가 저지른 범죄를 알아내는 부분이 작품의 대단원으로서 최선이 될 터였다. 하지만 내가 가장 큰 관심을 가지고 있는 것은 그 전 이야기를 다루는 앞 권이었다. 그는 이 앞 권에서 잘 알려지지 않은 구교도와 신교도 간의 대결 양상을, 특히 루이 15세 치하의 프랑스에서 일어난 얀센파의 도태 과정을 살펴볼 생각이었다. 이 일화가 언급되자 별안간 내게 에너지가 용솟음쳤다는 사실은 내가 분명 어떤 식으로든간에 그 역사적 사실과 연관돼 있고, 아마도 야니스가 걷게 될 길이 다시 한번 프레발의 초가집을 지나게 되리라는 것을 의미했다.

그러나 지금 당장 일어날 일은 아니다. 야니스는 갑자기 늙어버린 듯 작업 속도가 전보다 훨씬 느렸고, 꼼꼼하게 하나하나 계획을 추진해나갔다. 그는 아직도 골 족 시대에 드루이드 승려들 간에 벌어진 겨우살이 전쟁 부분을 쓰는 데 머물러 있다.

이별의 선물
Le cadeau d'adieu

■

천 페이지 뒤에서, 나는 다시 그의 생각을 온종일 차지했다.

이제 그는 백 살이 다 되었고, 원래의 활기와 재치를 잃어버렸다. 그러나 눈은 여전히 물망초 같았고, 머리는 서리로 뒤덮인 듯 백발이었다. 오래 살다보니 다시 인기도 끌었다. 프랑스 한림원 회원이 되었고, 여러 재단을 이끌어나갔고, 그를 중상 모략하던 자들이 이제는 그의 비위를 맞추려고 애썼다. 그가 중요한 정보를 전달하려고 애쓸 때는 아무도 귀를 기울이지 않더니, 이제 그가 진부한 말을 하기 위해 입을 여니 모두가 경탄하며 넋을 잃었다. 사람들이 인정하게 된 야니스의 가장 큰 장점은 그가 나이로 유세를 하지 않는다는 점이었다. 하지만 우리에게는 시간이 얼마 남지 않았다.

나는 그보다 약간 앞서 나가 있었다. 그는 고문서를 꼼꼼하게 열람하고, 증언과 조사보고서를 비교하고, 증언이나 정보들이 서로 일치하는지 확인했다. 나는 그가 어디로 향하는지는 알지 못했지만, 그가 정확한 곳에서 필요한 기록을 찾아낼 수 있도록 직관을 통해 그를 도움으로써 나 나름의 방식으로 그의 길을 밝혀주었다. 이제 그는 환각제를 복용하지 않았고, 그래서 내가 기울여야 할 노력은 그만큼 줄었다. 하지만 그가 내 기억을 일깨운 것인지, 아니면 내가 그의 생각에 영향을 미친 것인지는 아직도 잘 모르겠다.

죽음이 가까워오자 야니스는 끊임없이 나의 초기시절로 돌아갔다. 하나의 평범한 문장이 그의 뇌리에서 떠나지 않았고 그 때문에 그는 한밤중에 자주 깨어났다. 오래전 프레발 사제관 고문서실에서 발견한 문장이었다. 1731년 카트린 부셰가 부모님이 사는 초가집 앞에 배나무 두 그루를 심었을 때, 그 나무들의 키는 오 피트하고도 육 인치였다. 마을 신부가 이 같은 정보를 기록해 둔 것은 배나무 관목들을 그녀에게 준 낯선 남자로부터 특별히 부탁을 받았기 때문이었다. 즉 그 나무들에 대고 성 미카엘의 기도를 읊어달라는 것이었다.

당시 야니스는 이런 사항을 '주목할 만한 나무' 신청서류에 써넣기만 했을 뿐 그 기도의 내용이 무엇인지는 알아보지 않았다. 18세기 초로 잠겨들어가자 그는 곧 그 내용을 알아낼 수 있었다. 그것은 마귀를 쫓는 구마의식에 관한 기도였다.

어떤 불가항력이 교회로 하여금 나무들에 씌어 있던 마법을 풀어주게 만들었던 걸까? 우리는 어디서 왔고, 어떤 사건과 관련돼 있었기에 사제가 그런 청원을 받아들이겠다고 판단했던 걸까?

루이 15세가 통치를 시작했을 무렵, 파리를 뒤흔들어놓은 종교적 소요 속으로 빠져들어간 야니스는 하나의 가설을 따라갔다. 그리고 곧 발견하게 될 터였다. 그는 예상치 못했던 우회로를 통해 내 의식의 근원까지 거슬러 올라갔다. 나는 그 비극을 기억하지 못했다. 하지만 나는 그것이 낳은 결과였다. 어린 관목이었던 나는 지나치게 모래가 많은 땅에 아무렇게나 심겼고, 내 뿌리와 잔뿌리들이 그 새로운 자연환경에 순응하도록 만들기 위해 엄청난 노력을 기울여야만 했다. 그런 이유로 그 전에 자리 잡았던 토양에서 얻었던 정보들은 쓸모가 없어졌고, 그것들은 그렇게 지워져버렸다. 그러나 야니스가 조사를 계속함에 따라 정보들은 재구성되기 시작했다.

야니스는 포르 루아얄 도서관에서 우리를 카트린 부셰에게 주었던 사람의 신원을 알아냈다. 그는 드뱅티밀 파리 주교의 조언자인 페르디낭 샬 주교좌성당 참사회원이었다. 이 이상한 선물을 준 이유를 조사하던 야니스는 당시 대주교 교구를 발칵 뒤집어놓은 사건에 대해 우연히 알게 되었다. 그것은 바로 소위 생메다르 묘지의 얀센파 광신자 사건이었다. 이 믿기 힘든 소동은 역사개론서에는 별 대수롭지 않게 기술되어 있지만, 실제로는 하마터면 파리를 전쟁의 불꽃과 유혈의 도가니로 몰아넣을 뻔했던 엄청난 사건이었다.

루이 15세가 다섯 살의 나이로 왕 위에 오르자 신교도들에 대한 박해는 극에 달했다. 그리고 교황은 은총과 예정설에 대한 주장 때문에 유죄를 선고받았던 '이단 구교도들', 즉 얀센파와 신교도들을 동일하게 취급하도록 어린 왕에게 압력을 행사했다. 그러나 얀센파는 기적의 치료를 행함으로써, 특히 블레즈 파스칼의 조카딸을 치료해 서민층에게 큰 인기를 누리고 있었다.

억압이 가해지고 서민들이 항의하는 가운데, 얀센파에서 가장 존경받는 인물인 프랑수아 드 파리스 부제가 세상을 떠났다. 어마어마한 인파가 그의 장례식에 몰려들었고, 장례식 도중에 전신 마비였던 한 여인이 그 자리에서 치유되었다고 주장하는 일이 벌어졌다. 이때부터 파리스 부제의 무덤에서는 온갖 기적과 의문의 현상들이 벌어졌다. 그 뒤로 생메다르 묘지에 온 신자들은 모두 기이하게도 경련을 일으켰다. 온몸을 뒤틀고, 고통을 전혀 느끼지 못하고, 갖가지 예언을 쏟아냈다.

수많은 이들이 파리스 부제의 무덤으로 계속 몰려들자 루이 15세는 묘지를 폐쇄하라고 명령했다. "신이 이곳에서 기적을 행하는 것이 어명으로 금지되다니." 볼테르는 이렇게 비꼬았다. 그러나 아무 소용 없었다. 얀센파들은 계속 나타나 경련을 일으켰고, 사람들의 이목을 끌고, 무아경 속에 환자들을 치료했다. 게다가 그들은 자기들에게 체형을 가하고, 때리고, 죽여달라고, 교회가 자신들의 신앙에 가하는 박해를 '초월할 수 있도록' 자신들을 십자가에 매달아달라고 요구하기까지 했다. 그들은 몽둥이질을 당하고 불태워지면서도 웃었으며, 신의 영광을 위해 다시 그렇게 해주기를 요구했다.

이 같은 현상을 부인하거나 억누를 수 없었던 교회는 그것을 악마의 탓으로 돌리는 것 외에는 아무 해결책이 없었다.

*

사건 조사를 맡은 파리 의회의원 루이 바질 카레 드 몽주롱은 증언들을 묶어 『기적에 관한 진실』이라는 네 권의 책으로 펴냈다. 야니스는 이 책들 중 한 권에서 자신의 가정이 옳았음을 확인했다.

생메다르 묘지 대장에는 1731년 3월 19일에 공동묘혈 가장자리에 있는 어린 배나무 두 그루를 뽑아내라는 명령이 내려졌다고 나와 있었다. 페르디낭 샬 주교좌성당 참사회원이 파리 주교를 대리하여 서명한 명령이었다.

그런데 그것이 우리의 수신인인 카트린 부셰와는 무슨 관계가 있는 걸까? 그녀는 파리 묘지에서 일어난 사건과 어떻게 관련되어 있을까?

이 여인의 삶을 조사하던 야니스는 그녀가 1718년에서 1724년까지 베르사유 궁에서 내의류를 담당했음을 알게 되었다. 한 조신의 회고록에서 그녀가 젊은 왕에게 처음으로 생긴 애인들 중 한 명이었다는 사실을 그가 발견하는 데는 오랜 시간이 걸리지 않았다. 그러나 몇 달 동안 재미없는 편지들을 읽느라 눈을 혹사하고 나서야 야니스는 왕의 총희들을 모집하고 검사하는 '막후 추기경'인 제1침실시종에 의해 쫓겨난 그녀가 생메다르 구역의 한 고미다락에서 아무도 몰래 쌍둥이를 낳았음을 알게 되었다.

루이 14세 시절에는 왕의 사생아들이 가끔 중요한 정치적 역할을 하기도 했지만, 루이 15세의 측근들은 이 같은 상황이 또다시 되풀이되는 걸 원치 않았다. 제1침실시종은 그 어떤 사생아도 인정되지 않을 것이라고 카트린 부셰에게 못을 박았고, 입을 다무는 조건으로 평생 연금을 보장해주겠다고 약속하고 그녀를 내쫓았다.

그런 이유로 삼 년 뒤 그가 선물을 들고 자신을 찾아오자 그녀는 깜짝 놀랐다. 그가 가지고 온 선물은 너무나 상징적이라 어떤 메시지가, 게다가 예상치 못한 미래에 대한 약속이 담겨 있다고 밖에 볼 수 없었다. 그것은 루이 14세가 좋아해서 매일 아침 먹었고, 세상의 모든 귀족들에게 선물로 하사했던 품종인 빌구테 배 세 개가 들어 있는 작은 가죽 궤였다.

막후 추기경은 그들 나이 때의 아버지를 쏙 빼닮은 쌍둥이에게 공손하게 절을 하고 물러갔다. 카트린 부셰는 팡숑과 마르탱이 맛있는 배 세 알을 씨까지 남김없이 먹는 모습을 바라보았다. 그리고 바로 그날 밤, 그들은 경련을 일으키다가 숨을 거두어 가까운 곳에 있는 빈민 묘혈에 매장되었다.

하지만 뚜렷한 증거도 없이 왕의 제1시종을 고소할 길은 그녀에게 없었다. 그녀는 자신의 고해신부 말고는 그 누구에게도 자신이 제1시종을 의심하고 있다는 말을 하지 않았다. 딸이 찾아와도 문을 열어주지 않았던 그녀의 부모들은 상심으로 하루가 다르게 늙어가는 딸을 받아들였다. 그리고 그녀는 프레발의 초가

집에서 생을 마쳤다.

야니스는 바티칸 고문서실에 갔다가 페르디낭 샬 주교좌성당 참사회원이 최고 종교재판소 성성聖省에 보낸 보고서를 읽고 이 이야기를 알게 되었다. 파리 주교는 고해를 통해 프랑수아 드 파리스가 생메나르 묘지에 묻히기 전, 왕의 사생아들이 살해당해 그곳에 매장되었다는 사실을 알게 되었다. 교회의 전략은 명확하다는 장점을 지니고 있었다. 소위 '얀센파의 기적'에 의해 촉발된 서민들의 열광을 억누르기 위해서는 이 초자연적 현현顯現이 죽은 부사제의 영력에서 비롯된 게 아니라 그 옆에 묻힌 두 아이의 영혼을 뒤흔든 고통에서 비롯되었다고 밝혀야 했다. 우상을 숭배하는 이교도들의 마음을 사로잡기 위해 악마가 이들의 고통을 이용했다고 말하는 것이었다.

묘혈을 다시 파헤쳤으나 팡숑과 마르탱을 구분해내는 것은 불가능한 일이었다. 그래서 샬 참사회원이 작성한 보고서에 따르면, 독이 묻은 배의 씨가 쌍둥이의 위 속에서 싹을 틔워 자라난 저주받은 배나무 두 그루가 카트린 부셰의 소유가 됨으로써 묘지의 악마 의식은 끝이 났다.

카트린은 허탈 상태에서 간신히 벗어났다. 그리고 얀센파들이 경련을 일으키는 기현상이 프랑스 전역으로 퍼져나가는 동안, 그녀는 세상을 떠나기 전 몇 년 동안을 우리에게 물을 주고, 우리의 가지를 잘라주고, 우리가 자라나는 걸 바라보면서 보냈다.

프랑스 궁정은 생메다르 묘지에 묻힌 '악마의 아이들'에 대해 언급하지 않기로 로마 교황청과 합의했다. 입을 다물겠다고 서약한 덕에 페르디낭 샬은 그랑드 샤르트뢰즈 수도원 원장으로 임명되었다.

*

조사 결과에 크게 동요한 야니스는 3부작의 집필을 그만두고 내 이야기를 원점에서 다시 시작해야 하는 게 아닐까 망설였다.

너무 지체하진 마, 야니스. 당신은 이미 시력을 거의 잃었고, 우리 둘은 여행의 종착지에 도착했으니까. 당신 덕분에 이제 나는 도와달라며 나를 부르던 그 낯선 목소리가 누구의 것이었는지 알게 되었어. 그 목소리는 망각에서 벗어나게 해달라고 애원했지. 드디어 나는 내가 누구인지 알게 되었어. 국익에 희생된 무구한 어린 영혼들의 마지막 희망. 그 영혼들의 마지막 계획은 죽음의 씨앗에서 삶을 만들어내는 것이었어. 지상에 남아 있기 위하여 나무를 통해 자기 생각을 표현하는 것.

이졸드와 나는 이중 살인의 기억이 간직되어 있는 나무였던 것이다. 원래 자라던 땅에서 뽑혀 처녀지에 다시 심어진 우리는 기억상실 속에서 자랐고, 우리 주변에서는 우리 자신도 모르는 사이에 비극이 되풀이되었고, 사랑이 원죄를 일소하기 위해 반드시 필요한 속죄의 기회들이 주어졌다.

우리를 탄생시킨 두 아이의 이름이 밝혀졌으니, 이제는 그들이 어머니가 기다리고 있는 저세상으로 갈 수 있기를 바란다. 그리고 나는 나를 항상 깨어 있게 한 그 인간의 기억에서 벗어나 죽은 나무로서의 단순한 운명을 되찾고 싶다.

그 후
L'après

■

"내 케이크의 주문을 취소해주게나."

야니스 카라스는 백 살 생일 전날, 프랑스 한림원 상근비서에게 부탁했다.

그는 더듬더듬 인공호흡기를 떼어내고 샴페인 잔을 비웠다. 그러고는 오십 년 전에는 마시기를 거부했던 독약, 즉 협죽도를 우린 물을 거기 따르라는 뜻으로 보이지 않는 눈을 찌푸리며 아들에게 잔을 내밀었다. 마지막 작품을 마무리 지었으니 이제는 떠날 권리가 있었다. 그는 트리스탄이 그에게 기대했던 일을 끝냈다. 그들의 배나무 이야기를 완성한 것이다. 그는 마침내 그녀를 만날 수 있으리라는 것을 알았다. 나무처럼 굳게 그렇게 믿었다.

"행복하세요."

토에가 눈물로 범벅이 된 얼굴에 미소를 지으며 들릴락 말락 한 목소리로 중얼거렸다.

석 달 뒤에 출판된 나의 전기 『한 그루 나무가 되다』는 그다지 주목을 받지 못했다. 책의 판매를 지원해야 할 치렁치렁한 백발과 푸른 눈의 작가가 이제는 세상에 없기 때문이었다. 그러나 책이 출간되면서 나는 완전히 바뀌었다.

글은 무겁게 짓눌리던 내 기원을 자유롭게 해주었고, 야니스와의 후견 관계를 청산해주었다. 그가 죽음 이후에 누리게 될 행복이 그의 바람과 일치한다고 느끼고 안심한 나는 마침내 나의 정원으로 돌아갈 수 있었다.

이졸드는 새로운 이웃인, 빙글빙글 돌아가는 평평한 가지들이 달린 미끈한 몸체—풍력발동기라고 불리는 물건이었다—옆에서 잘 견뎌내고 있었다. 이졸드에게는 생존하기 위한 잔가지 여섯 개가 남아 있었는데, 그것만으로도 충분한 수액을 만들어낼 수 있었다. 그리고 설사 수액이 마른다 해도 네 개의 철제 기둥이 견고하게 받쳐주고 있어서, 꼿꼿하게 선 채로 집주인의 세대가 바뀔 때마다 보수에 들어가는 아이들의 오두막집을 지탱할 수 있었다. 세상이 무너지더라도 이졸드는 주저앉지 않을 것이다. 아이들이 있는 한은.

내게 갑자기 무슨 일이 일어난 걸까? 그것은 새로운 감각이었다. 하지만 아득하게 느껴졌다. 나의 의식상태가 변화하고 분리되는 듯했다. 나의 무언가가 옛 뿌리들이 있는 땅에서 빠져나와 다시 빛을 만났다. 이제 나는 폐기되는 걸까?

아니었다. 그것은 지금으로부터 칠십 년 전 어린 마농이 뱉은 나의 배 씨앗이었다. 씨앗은 내가 내 죽음의 의미를 이해하기를 기다렸다가 다시 삶으로 돌아오기 위해 휴면중이었던 것이다.

이졸드에게 아직 달려 있는 몇 개의 잎사귀 사이에서 바람이 중얼거렸다.

"드디어 나왔구나."

나는 그 씨앗에서 내 존재의 향기가 풍기는 것을, 그리고 내가 그 사실을 인지한 것을 알고 놀랐다. 하지만 놀라움도 잠깐이었다. 모든 것을 포기할 순간이 다가왔다. 나는 새로운 성장에 나 자신을 맡겼다. 내 기억은 멈췄다. 그리고 다시 삶의 침묵이 시작되었다.

작가의 말

이 책은 내 배나무의 죽음으로부터 탄생했다. 그것이 이 책의 유일한 자전적 요소다. 하지만 그렇다고 나머지가 전부 창작이라는 뜻은 아니다. 읽는 사람에 따라 당혹스러울 수도 있을 몇 가지 사실들에 대해 좀더 깊이 알고 싶은 독자들은 내가 이 책을 집필할 때 옆에 끼고 있었던 장 마리 펠트의 『자연의 비밀 언어』(파야르 출판사)와 조르주 페테르망의 『주목할 만한 나무들의 프랑스』(다코타 출판사), 제레미 나르비의 『자연의 지능』(뷔세 샤스텔 출판사), 혹은 『라루스 나무 사전』을 참고하기 바란다.

생메다르 묘지에서 경련을 일으킨 얀센파들의 사건에 관해서는, 미셸 탈보의 『우주는 하나의 홀로그램이다』(포켓 총서)를 읽어보면 이 사건이 얼마나 중요한 의미를 갖고 있는지 알 수 있다. 이 사건에 대해 더 상세히 알고 싶다면 루이 바질 카레 드 몽주롱의 『기적에 관한 진실』(전4권, 파리, 1737)을 참고하기 바란다.

알프레드 드레퓌스와 메르시에 장군, 내 배나무가 등장하는 장면은 나의 창작이다. 이 장면은 장 드니 브르댕의 『사건』(파야르 쥘리아르 출판사)과 장 프랑수아 드니오의 『잊혀진 비밀의 사무실』(오딜 자콥 출판사), 혹은 피에르 드레퓌스가 펴낸 『추억과 편지』(그라세 출판사, 1936) 같은 책에서 그 역사적 토대를 발견할 수 있다.

장 마리 펠트에 대해 한마디하련다. 나는 이 위대한 식물학자가 해온 연구와 이십 년 이상 그와 쌓아온 우정 덕분에 철저한 준비 과정을 거쳐 나무의 의식 속을 여행할 수 있었다. 일부 식물들이 호르몬을 이용해 기생생물들을 불임시킨다거나, 우리가 복용하는 피임약을 상기시키는 양의 프로게스테론과 에스트론이 식물들의 꽃가루 속에 존재한다는 사실이 발견되었음을 내게 알려준 사람이 바로 그였다. 이 작품에서 나는 역시나 같은 식물학자인 클래런스 해트클리프가 그런 사실을 발견하는 것으로 설정했다. 자연의 이 같은 자주적인 행동은 제대로 설명되지 않아 언급조차 되지 않지만, 엄연히 실재한다.

하지만 내가 아는 한, 식물들이 심각한 우울증을 불러일으키는 호르몬인 코르티솔을 분비한다는 것은 그저 내 상상일 뿐임을 분명히 밝혀둔다.

'진짜 삶' 속에서 나무들은 숲이 불법으로, 혹은 공식적으로 통제받고 파괴당하는데도 불구하고 계속 우리를 행복하게 해주고 있다. 하지만 그런 일이 언제까지 계속될 수 있을까?

옮긴이 **이재형**

한국외국어대학교 불어과와 동 대학원을 졸업하고 상명대, 강원대, 한국외국어대에서 강사로 일했다. 현재는 프랑스에 머물며 프랑스어 전문 번역가로 활동중이다. 『마르셀의 여름1, 2』『장미와 에델바이스』『레이스 뜨는 여자』『황새1, 2』『레제르 만화 컬렉션2』『카트린 드 메디치』『프로이트 평전』『사막의 정원사 무싸』『이중설계』『엑토르 씨의 사랑 여행』 등의 책을 우리말로 옮겼다.

어느 나무의 일기

초판 1쇄 인쇄 2012년 1월 5일
초판 1쇄 발행 2012년 1월 12일

지은이 디디에 반 코벨라르트
옮긴이 이재형
펴낸이 김선식

Chief editing creator 김현정
Editing creator 박여영

2nd Creative Story Dept. 김현정, 박여영, 최선혜, 한보라, 유희성, 백상웅
Creative Design Dept. 최부돈, 황정민, 김태수, 손은숙, 박효영, 이명애, 박혜원
Creative Marketing Dept. 모계영, 이주화, 원종필, 신문수, 백미숙
Communication Team 서선행, 박혜원, 김선준, 전아름, 이예림
Contents Rights Team 이정순, 김미영
Creative Management Team 김성자, 송현주, 류수민, 김태욱, 윤이경, 김민아, 권송이

펴낸곳 다산북스
주소 서울시 마포구 서교동 395-27
전화 02-702-1724(기획편집) 02-703-1725(마케팅) 02-704-1724(경영지원)
팩스 02-703-2219
이메일 dasanbooks@hanmail.net
홈페이지 www.dasanbooks.com
출판등록 2005년 12월 23일 제313-2005-00277호

필름 출력 스크린그래픽센타
종이 월드페이퍼(주)
인쇄 · 제본 (주)현문

ISBN 978-89-6370-747-1 (03860)